NUEVE MESES... UN LEGADO

ABBY GREEN

Editado por Harlequin Ibérica.
Una división de HarperCollins Ibérica, S.A.
Núñez de Balboa, 56
28001 Madrid

© 2016 Abby Green
© 2016 Harlequin Ibérica, una división de HarperCollins Ibérica, S.A.
Nueve meses… un legado, n.º 2493 - 21.9.16
Título original: An Heir to Make a Marriage
Publicada originalmente por Mills & Boon®, Ltd., Londres.

I.S.B.N.: 978-84-687-8452-6
Depósito legal: M-23167-2016
Impresión en CPI (Barcelona)
Fecha impresion para Argentina: 20.3.17
Distribuidor exclusivo para España: LOGISTA
Distribuidores para México: CODIPLYRSA y Despacho Flores
Distribuidores para Argentina: Interior, DGP, S.A. Alvarado 2118.
Cap. Fed./Buenos Aires y Gran Buenos Aires, VACCARO HNOS.

Capítulo 1

A ROSE O'Malley, el corazón le latía desbocado. Le sudaban las manos y se sentía mareada. Mostraba todas las señales de estar sufriendo un ataque de pánico en el tocador de uno de los hoteles más lujosos de Manhattan.

Su opulento entorno empeoraba las cosas, ya que le indicaba que aquel no era su mundo. Afirmar que se sentía como un pez fuera del agua era quedarse corto.

Su reflejo en el espejo le mostró a una desconocida. Su ondulada melena pelirroja estaba completamente lisa y recogida en un moño.

Solo se le veía la mitad inferior del rostro, ya que la otra mitad la cubría una máscara negra y dorada. Sus verdes ojos parecían asustados. Llevaba los labios pintados de un rojo chillón y tenía las mejillas arreboladas.

Cuando estaba a punto de levantarse, la puerta se abrió y entraron unas mujeres charlando animadamente. Rose volvió a sentarse frente al espejo.

No estaba lista para entablar contacto con otro ser humano. Por suerte, estaba en el cubículo más alejado de la puerta, por lo que esperaría a que las mujeres se marcharan.

Una de las mujeres que habían entrado, Rose pensaba que eran dos, susurró:

—¿Lo has visto? ¡Por Dios! Es guapísimo. En serio, creo que los ovarios me van a estallar.

La otra mujer le respondió en tono seco y sardónico:

—Pues sería un desperdicio. Ya se sabe que no quiere tener nada que ver con la herencia que su familia ha legado al primer hijo que tenga. ¡Si hasta se ha cambiado de apellido para distanciarse de ella!

—¿A quién se le ocurriría rechazar miles de millones de dólares y un apellido que se remonta a los primeros colonizadores?

A Rose se le contrajo el estómago. Sabía exactamente a quien se le ocurriría: a Zac Valenti, el hombre más famoso de la fiesta. Ella esperaba que no estuviera allí, pero había acudido.

Las mujeres siguieron hablando mientras rebuscaban en sus bolsos.

—Todos pensaron que había sufrido una crisis nerviosa cuando dejó a Addison Carmichael al pie del altar, pero ese hombre ha renacido de sus cenizas.

Las dos mujeres bajaron el tono de la voz y Rose se inclinó en dirección a la puerta para oír mejor.

—Dicen que ahora es el soltero más cotizado de Estados Unidos.

—Pero tiene un aspecto frío y taciturno, como si transmitiera que se le puede mirar pero no tocar.

—Lo sé. Esos hombres son condenadamente atractivos.

—Creo que se trata más bien de que es una mina de oro para cualquier mujer que consiga quedarse embarazada de él. Aunque él rechace la fortuna familiar, yo no lo haría. Quien tenga un hijo suyo accederá a la fortuna de los Lyndon-Holt.

En ese momento, Rose perdió el equilibrio y chocó con la pared del cubículo. Se hizo un terrible silencio en el tocador y, después, oyó que las mujeres susurraban frenéticamente y se marchaban a toda prisa.

Volvió a acomodarse en la silla frotándose el hombro con el que había chocado. Estaba histérica.

Como habían apuntado las mujeres, Zac Valenti no tenía intención alguna de ser padre. Nadie sabía la causa de su alejamiento de la familia, lo cual había desencadenado todo tipo de especulaciones. Zac ni siquiera había acudido al funeral de su padre, fallecido un año antes.

Después de la pelea con su familia y la muerte del padre, se había filtrado a la prensa que, si Zac tenía un hijo, sería el heredero de toda la fortuna de la familia en vez de Zac, siempre que llevara el apellido Lyndon-Holt.

Así que, si Zac era padre, habría una inmensa presión para que no negara a su hijo la herencia a la que tenía derecho. Y la opinión de la madre tendría que tenerse en cuenta, incluso en lo referente al apellido del niño.

Eso llevó a Rose O'Malley a pensar en la razón de que estuviera allí: tenía la intención de seducir a Zac Valenti para intentar quedarse embarazada de él.

Rose volvió a quedarse pasmada al pensar en que había accedido a hacer aquello. Solo en aquel momento, un día después, el pánico y el miedo habían disminuido un poco y se daba cuenta de que había hecho un pacto con el diablo.

Recordó la conversación que había tenido con la persona que la había contratado, Jocelyn Lyndon-Holt.

La madre de Zac Valenti le había señalado el contrato que acababa de firmar y le había dicho: «Si te quedas embarazada de mi hijo y consigues que lleve nuestro apellido, el niño lo heredará todo. Y cuando yo reciba la confirmación de tu embarazo, tu padre ingresará en una clínica donde recibirá la mejor atención médica. Pero, si no cumples el requisito de confidencialidad y revelas el contenido de este contrato, te demandaré judicialmente. Si tienes un hijo y no cumples las condiciones del contrato, te destruiré. Ni que decir tiene que una criada como tú no querrá tener un enfrentamiento conmigo».

Rose le había preguntado qué le hacía pensar que un hombre como su hijo iba siquiera a reparar en ella.

La anciana, mirándola con ojos calculadores, le había respondido: «¿Un hombre tan cínico y hastiado como Zachary? Reparará en ti, ya lo creo. No dejará de fijarse en una belleza fresca como la tuya. Solo tienes que asegurarte de que vaya más allá de fijarse en ti».

Rose volvió a la realidad y se miró al espejo. No se vio hermosa ni fresca, sino ridícula con las mejillas arreboladas y aquel carmín. Con un gesto de asco, agarró un pañuelo de papel y se lo quitó de los labios.

No debería haber accedido a aquel plan descabellado.

Se levantó dispuesta a marcharse y a decir a la señora Lyndon-Holt que se buscara a otra. Pero recordó el motivo de haber aceptado y fue como si hubiera recibido una bofetada. Se dejó caer de nuevo en la silla.

Su padre, su rostro dolorido, pálido, desesperado...

A los cincuenta y dos años, era demasiado joven para enfrentarse a una muerte segura si no lo operaban.

La operación que necesitaba estaba fuera del alcance de un antiguo chófer y una humilde criada, que solo disponían de una cobertura sanitaria básica.

De eso se había valido la señora Lyndon-Holt para aprovecharse del miedo de Rose. Su padre había sido el chófer de la familia hasta la muerte del señor Lyndon-Holt, tras la cual, la señora había contratado a otra persona sin siquiera agradecerle los servicios prestados. Afortunadamente, Rose había conservado su empleo.

Poco después, su padre había comenzado a sentirse mal. Le habían diagnosticado una rara enfermedad cardiaca, mortal si no se la trataba.

Rose había perdido a su madre cuando era muy joven. Solo le quedaba su padre. No tenía más familia en Estados Unidos, ya que sus padres habían emigrado de Irlanda. Su padre podía salvarse si lo operaban, y la señora Lyndon-Holt estaba dispuesta a pagárselo si Rose accedía a su propuesta.

Volvió a mirarse al espejo y decidió que buscaría a Zac Valenti, pero, si no lo encontraba, o él ni siquiera la miraba, que era lo que esperaba, se marcharía.

Después se preocuparía de su padre, pero al menos lo habría intentado.

Zac Valenti miró alrededor del salón de baile desde una columna al fondo de la sala, que brillaba con miles de joyas de incalculable valor, lo que indicaba la posición social de sus dueñas.

Una mujer pasó a su lado, lo miró y sus ojos, detrás de su elegante máscara, dieron signos de haberlo reconocido.

Era evidente que la sencilla máscara negra de Zac no bastaba para ocultar su identidad. Este apretó los dientes. Como si necesitara pruebas de que seguía siendo el *enfant terrible* de Manhattan tras haber roto con su familia y renunciado a su herencia.

Por no mencionar el hecho de haber dejado plantada a su prometida al pie del altar, en una de las iglesias góticas más antiguas de la isla.

Adison Carmichael, hija de una privilegiada familia blanca, anglosajona y protestante, era producto de su educación y su clase social, y una mujer muy tenaz. Un año después ya estaba casada con un senador de Nueva York.

Al ver a Zac le dedicó una sonrisa levemente maliciosa, ya que el hecho de que él hubiera roto con su familia había disminuido su humillación pública.

A él no le había preocupado haberla dejado traumatizada por su abandono, ya que no existía amor entre ellos. Su relación había sido una farsa, como el resto de la vida de Zac por aquel entonces. Y estaba agradecido de haber descubierto la triste verdad antes de haber entrado a ciegas en la cárcel que sus propios padres le habían preparado.

Maldijo para sí y se corrigió: eran sus abuelos quienes se la habían preparado.

Creció pensando que eran sus padres hasta que descubrió que no era así, y el mundo se le vino encima.

Pero él se había mantenido erguido.

Después del shock, se dio cuenta de que lo único que le importaba era la odiosa traición de las dos personas que lo habían introducido en aquel mundo, por lo que decidió honrar a sus verdaderos padres y no a quienes lo habían criado como si fuera un invitado mal recibido en su propia casa.

Ese día decidió renunciar a un apellido con el que nunca se había sentido a gusto, además de a todo lo que iba unido a él. Y no había mirado atrás.

Había decidido conseguir que el apellido Valenti fuera tan venerado como aquel con el que había nacido. Se lo debía a su padre, que había emigrado de Italia y había tenido la osadía de enamorarse de la princesa Lyndon-Holt, lo cual, a ojos de la familia de esta, mancillaba su aristocrática belleza.

Que buena parte de la riqueza que Zac poseía en aquel momento procediera de su nueva carrera de propietario de una cadena de hoteles y clubes nocturnos lo satisfacía enormemente, porque sabía lo mucho que enfurecería a su abuela.

Así que ya podía la gente lanzarle miradas maliciosas y susurrar todo lo que quisieran, porque Zac Valenti disfrutaba recordándoles constantemente que todos ellos formaban parte de la fachada, igual que él lo había hecho; que eran unos hipócritas y que podían caer en desgracia igual que él.

Experimentó una sensación de claustrofobia y le irritó la dirección de sus pensamientos.

Miró a su alrededor para distraerse. A la derecha vio la esbelta figura de una mujer con un largo vestido negro que le dejaba la espalda al descubierto. Estaba algo alejada, pero algo en ella hizo que la siguiera mirando. Ella estiró el cuello como si buscara a alguien, y el vestido reveló las curvas de sus nalgas. Zac recorrió su espalda con la vista hasta llegar a su grácil cuello y su cabello pelirrojo.

Los cordones negros de la máscara le colgaban entre los mechones, y Zac sintió el malsano deseo de desatárselos y hacer que se volviera para mirarlo. Quería verla.

Ella se giró hacia él. Zac contuvo la respiración al contemplar sus senos. Eran pequeños, pero hermosos, y se erguían respingones contra la tela del vestido. Era evidente que no llevaba sujetador, ya que el vestido carecía de espalda. Zac experimentó calor en la entrepierna y se sintió como un adolescente al mirar las primeras fotografías de una mujer desnuda.

Los rasgos femeninos estaban prácticamente ocultos por la máscara, pero distinguió su boca carnosa y la delicada mandíbula. Todo en ella era grácil y femenino. Tenía una copa de champán en la mano. Y Zac se dio cuenta de que se sentía incómoda o a disgusto.

Un camarero pasó a su lado y ella dejó la copa en la bandeja y volvió a darle la espalda. Parecía haber tomado una decisión. Echó a andar, pero no llegó muy lejos, ya que le interceptó el paso un grupo de hombres. Ella se detuvo, insegura, y estiró el cuello como si tratara de buscar otra salida.

El interés de Zac se disparó como no lo había hecho hacía mucho tiempo, o probablemente nunca, porque sabía que, en aquella multitud, nadie dudaba nunca de nada. Embestían a toda velocidad, sin preocuparse de sutilezas.

Por lo tanto, aquella mujer constituía una anomalía. De repente, Zac se espabiló por completo y se sintió deliciosamente interesado por ella.

Rose experimentaba una mezcla de miedo y alivio. No veía a Zac Valenti por ningún sitio. Lo único que deseaba era salir de aquella asfixiante sala llena de gente vestida como pavos reales mientras que su vestido la hacía parecer una prostituta.

La diseñadora que había contratado la señora Lyndon-Holt se asemejaba a un general dando órdenes a Rose. Cuando esta trató de protestar por el vestido, la mujer la miró con dureza y le dijo que le habían ordenado que fuera ese el vestido que llevara.

Rose volvió a sentirse aliviada al pensar que Zac Valenti ya se había marchado. De todas formas, no la habría mirado dos veces. Sus amantes eran modelos, no criadas pálidas y con pecas.

Su paso seguía bloqueado por aquel grupo de hombres. Cerró los puños, resuelta a abrirse paso como fuera.

–Espero que no se le ocurra pegar al alcalde de Nueva York. Estoy seguro de que la dejará pasar si se lo pide educadamente.

La voz era sexy y profunda. Ella se giró, asustada, y se dio de bruces con un cuerpo alto y fuerte. Tuvo que alzar la vista para ver el rostro del hombre.

El corazón se le detuvo.

Ni siquiera la máscara conseguía ocultar su identidad.

Zac Valenti no se había marchado. Estaba allí.

La máscara le velaba la parte superior del rostro,

pero no sus penetrantes ojos azules. Era famoso por sus ojos. Algunos decían que su mirada era glacial, pero, en aquel momento, lo único que ella sentía era una molesta sensación de calor que le ascendía por el cuerpo.

Era un hombre muy alto, mucho más que ella, que también lo era, y muy ancho de hombros. Tenía el cabello castaño, espeso y ondulado. Era moreno de piel, de mandíbula dura y boca sensual.

Desprendía la gracia y el encanto propios de su impecable educación y su incalculable riqueza. Tenía un aire aristocrático, de persona intocable, y era increíblemente guapo.

En el interior de Rose se despertó algo intenso y desconocido, que ella identificó como deseo. Se sentía como si la hubieran conectado a un enchufe. Su vida con su padre no le había dejado mucho tiempo para relacionarse con el sexo opuesto.

Zac Valenti ladeó la cabeza.

—Supongo que sabe hablar.

—Sí —dijo con voz débil. Después, con más fuerza—: Sí, sé hablar.

—Qué alivio —Zac le tendió la mano y sonrió—. Zac Valenti, pero puedes llamarme Zac. Encantado de conocerte.

Rose tuvo que morderse la lengua para no decirle que sabía perfectamente quién era.

—Me llamo Rose.

Se estrecharon la mano. La de él era cálida y fuerte.

—¿Solo Rose?

Iba a decirle su apellido cuando pensó que podía

reconocerlo, ya que su padre y ella habían trabajado para su familia.

–Murphy, Rose Murphy –era el apellido de soltera de su madre.

–Con ese nombre y ese cabello, solo puedes ser irlandesa.

Rose sudaba

–Mis padres emigraron justo antes de nacer yo.

Retiró la mano. A pesar de haber conocido a Zac, seguía sin poder hacer lo que le habían encargado.

Retrocedió unos pasos.

–¿Adónde vas?

–Tengo que irme.

–¿Sin bailar?

Él le tendió la mano. Ella sintió pánico.

–No sé bailar.

–Me resulta difícil creerlo. ¿Hay alguien que no sepa bailar?

De repente, Rose se sintió furiosa por hallarse en aquella situación y en aquel lugar.

–Pues no sé. Tengo que marcharme.

Se dio la vuelta, pero él la agarró del brazo. ¿Por qué no dejaba que se fuera? Aquello no tenía nada que ver con él. Bueno, lo tenía, pero él desconocía sus nefastas intenciones.

Rose sintió náuseas.

Él ya la había girado hacia sí y agarrado de ambos brazos.

–No era mi intención ofenderte.

–No lo has hecho. He actuado como una estúpida. Lo siento.

–¿Ha sido nuestra primera pelea?

A ella se le hizo un nudo en el estómago.

–Eres muy desenvuelto –contestó con sequedad, pero sorprendida de que no fuese más arrogante. No sabía que fuera tan encantador ni que le gustara flirtear. No esperaba que le cayera bien.

Pero, pensó con cinismo, si ella hubiera sido una de las camareras, ni la habría mirado. Y no era tan ingenua como para no darse cuenta de que, a pesar de sus suaves modales, también él era un cínico. ¿Un hombre como él, en un mundo como aquel...?

Zac sonrió.

–Lo intento.

Deslizó las manos por los brazos femeninos con una lentitud que a Rose le aceleró la respiración y le puso la carne de gallina, sobre todo cuando le rozaron los senos.

La tomó de la mano y la condujo hacia la pista de baile.

Rose trató de soltarse. Consciente de las miradas curiosas, le susurró:

–De verdad que no sé...

Él la miró.

–Confía en mí.

Ya en la pista, uno frente al otro, ella lo miró, impotente. Él le asió la mano derecha y con el otro brazo le rodeó la espalda y puso la mano en su piel desnuda. Después la atrajo hacia sí y ella se topó con su cuerpo, fuerte y delgado.

Todos sus pensamientos se evaporaron: por qué estaba allí, para qué, quién era... Solo era consciente de cómo se sentía estando tan cerca de aquel hombre, de su cuerpo duro y musculoso contra el suyo.

Sus senos presionaban el pecho masculino. La mano de él se movía levemente sobre su espalda. Y se desplazaban en círculo por la pista. Rose no sentía los pies; le parecía que flotaba.

Los pezones se le habían endurecido. Nunca había sido tan consciente de ser una mujer como en aquel momento. Se sonrojó y bajó la cabeza. Él le puso un dedo en la barbilla para levantársela. A pesar de la máscara, vio que Zac Valenti la miraba con incredulidad.

Él frunció el ceño.

—¿Eres real?

—Claro que sí —contestó ella automáticamente al tiempo que volvía a ser consciente de su entorno, al ver a una mujer pasar a su lado mirándola con condescendencia. Ella se puso tensa.

—Escuche, señor Valenti. Debería...

—Sigue tratándome de tú. Decirme señor Valenti me hace parecer un anciano. Y no soy un anciano.

Ella lo miró y tragó saliva. Desde luego que no era un anciano, sino un hombre joven, dinámico y viril. Y a ella le resultaba increíble estar en sus brazos. Aunque ese era precisamente su objetivo.

—¿Sabes que eres la única mujer que no lleva joyas?

Rose contestó lo primero que se le ocurrió.

—Temo perderlas.

—¿No las tienes aseguradas?

Rose se maldijo. Todas las mujeres presentes tendrían las joyas aseguradas. Pero la única joya valiosa que ella poseía era el anillo de compromiso de su madre, y su valor era más sentimental que real.

–La tendencia actual es que menos es más –apuntó con aire desenfadado.

La mano de él descendió por su espalda hasta donde comenzaba a curvarse, justo por encima del vestido.

–Estoy totalmente de acuerdo –replicó con voz ronca.

«Huye, deprisa», alertó a Rose una vocecita interior. Pero otra le recordó que no tenía elección si quería que su padre viviera.

–¿Qué te parece si vamos a otro sitio con un ambiente menos... cargado?

La voz de Zac interrumpió sus pensamientos y su sentimiento de culpa. Ella era honrada y no había dicho una mentira en su vida. Pero estaba engañando a aquel hombre con cada palabra que pronunciaba, simplemente con su mera presencia.

Pero el calor en aquel salón era verdaderamente sofocante.

–De acuerdo –respondió.

Zac sonrió. Y antes de que ella pudiera cambiar de opinión, la tomó de la mano y la sacó de la pista.

Rose era consciente de que podía soltarse y salir corriendo, perderse en aquella multitud y salir por una puerta lateral, pero no lo hizo.

Capítulo 2

CUANDO llegaron al vestíbulo, la mayor canti-
dad de oxígeno contribuyó a que Zac se bur-
lara de sí mismo por haberse quedado tan
prendado de una mujer. Pero hacía tiempo que no se
sentía así de vivo.

Y, desde luego, ninguna mujer lo había excitado
tanto. La condujo a una zona apartada y, en cuanto la
miró, se dio cuenta de que le sería imposible controlar
el deseo.

Ella tenía las mejillas arreboladas y respiraba deprisa. Zac necesitaba verla. Se quitó la máscara y la
arrojó a una papelera cercana.

—Ahora tú. Quiero verte.

Ella asintió y se soltó de su mano para llevar las
suyas a la nuca.

—Espera, quiero hacerlo yo. Date la vuelta.

Rose bajo los brazos lentamente y le dio la espalda. Zac tuvo que contenerse para no agarrarle los
senos. Su deseo se disparó aún más solo con imaginarse los pezones endurecidos.

Desató el nudo de la máscara y la dejó caer. Ella la
agarró y se dio la vuelta.

Y cuando alzó el rostro para que lo viera, Zac se
quedó sin aliento.

Era espectacular, pero de forma distinta a las hermosas mujeres a las que estaba acostumbrado. Era etérea, delicada. Tenía leves pecas en su recta nariz, los pómulos altos y la boca carnosa, sin carmín. Lista para ser besada.

Sus ojos lo cautivaron. Eran verdes y enormes.

Se miraron en silencio durante unos segundos, hasta que Zac se percató de que seguían en un lugar público. Respiró hondo y retrocedió. Ella parpadeó. De repente, él deseó verla en un entorno más actual, como si eso lo fuera a ayudar a dejar de sentirse como si no estuviese conectado a la realidad.

Volvió a tomarla de la mano y la condujo de nuevo al medio del vestíbulo al tiempo que hacía una señal al portero para que le llevara el coche.

—Espera —dijo ella—. ¿Adónde vamos?

Él se detuvo y vio recelo en sus ojos. Las mujeres a las que trataba no recelaban, sino que se mostraban confiadas y seductoras.

Se dijo que debía andarse con cuidado, pero el deseo era más fuerte que ese pensamiento. La deseaba más que a ninguna otra mujer.

—Vamos a uno de mis clubs.

Pareció que ella iba a negarse, pero asintió.

—¿No quieres saber a cuál? —al fin y al cabo, Zac era el dueño de tres de los clubes más famosos de Manhattan.

—¿Para qué?

Su pregunta lo pilló desprevenido. Era evidente que podía darle igual a cuál, pero la experiencia indicaba a Zac que la gente siempre quería ir al que estuviera más de moda.

–Elegiré yo –dijo al fin–. ¿Vamos?

Alguien tosió suavemente cerca de ellos.

–Señor Valenti, su coche está listo.

Zac le dio las gracias y salieron. El portero había abierto la puerta del copiloto. Zac le dio una propina y ayudó a Rose a montarse en el coche deportivo.

Cuando se sentó al volante y la miró, ella lo hacía hacia delante, con las manos en el regazo que aún sostenían la máscara. Estaba tensa.

–Puedo llevarte a casa, si lo prefieres –dijo él.

Ella negó con la cabeza.

–No, quiero ir contigo.

Zac experimentó una intensa sensación de triunfo. La tomó de nuevo de la mano. Era un gesto casto, pero las pupilas de ella se dilataron. Se la llevó a la boca y le besó los nudillos. Sintió que el cuerpo se le tensaba al anticipar lo que podría suceder.

–Entonces, vamos.

Rose era consciente de que había tenido dos oportunidades de rechazar la invitación de Zac y marcharse dando por terminada aquella farsa, pero se lo había impedido su viril belleza.

¿Y qué excusa había tenido en el coche para aceptar? Ninguna.

Mientras el vehículo recorría las calles de Manhattan, por primera vez en su vida, Rose sintió la necesidad de rebelarse, de hacer algo que deseara, que era pasar unos momentos en compañía de Zac.

Nunca se había sentido tan embriagada. La forma en la que él le había quitado la máscara era lo más aproximado a un momento erótico que había vivido. Y la forma en que la había mirado...

No había tenido muchas ocasiones de flirtear. Siempre estaba ocupada trabajando o cuidando a su padre. ¿Tan malo era que deseara seguir disfrutando de la atención de aquel hombre?

«Sí, porque sabes muy bien que, si supiera quién eres y por qué estás aquí, te echaría inmediatamente del coche», se dijo.

Estuvo a punto de decirle que parara, pero estaban llegando al club, que se hallaba en el sótano de un moderno edificio.

Zac la miró después de detener el coche.

—Me alegro de que me hayas acompañado.

Se bajó del coche y lo rodeó para abrirle la puerta. Cuando la ayudó a bajarse, Rose vio una larga cola frente a las puertas del club.

De pronto, varias voces gritaron:

—¡Zac! ¡Zac!

Él le echó el brazo por los hombros para protegerla y la metió por una puerta adyacente a la principal, que había abierto uno de los porteros.

Cuando la puerta se hubo cerrado, él se volvió hacia ella.

—¿Estás bien? Por suerte, hemos podido escaparnos de los paparazis.

—Creo que sí.

Él le sonrió.

—Estoy más habituado a que mis acompañantes quieran esperar hasta estar seguras de que las han fotografiado.

Rose se estremeció ante la idea de aparecer retratada en la prensa amarilla. Y, por supuesto, él se refería a la clase de mujeres que estaba acostumbrada a esas escenas, del mismo modo que ella lo estaba a su uniforme y a que nadie la mirara a los ojos.

Pero él lo hacía en aquel momento, por lo que se le hizo muy difícil lamentar estar allí, a pesar de que sabía que era un error.

–¿Vamos? –preguntó él.

Le indicó que lo precediera por un estrecho pasillo lujosamente alfombrado y de paredes negras.

El espíritu de rebelión volvió a surgir en Rose.

«Solo unos minutos más», se dijo. Después se iría.

Enfiló el pasillo y sintió la música que los rodeaba. Llegaron a una puerta que, como por arte de magia, abrió un atractivo joven, que los saludó con un gesto de la cabeza.

Ella se detuvo en lo que claramente era la zona de personalidades, con bancos de terciopelo y mesas brillantes. Unos escalones conducían a la pista de baile, que estaba llena de hermosos cuerpos vestidos con ropa escasa.

Rose se quedó fascinada durante varios segundos. Después experimentó un cosquilleo en la piel y vio que Zac la miraba sonriendo, cos dos copas de champán en la mano. Le tendió una.

Ella la asió y él propuso un brindis.

–Por los nuevos amigos

Rose dio un sorbo y le encantó cómo las burbujas se le deslizaban por la garganta. En la fiesta había estado demasiado nerviosa para beber champán.

Él la tomó de la mano y la condujo hasta una mesa apartada. Al estar los dos solos en aquel espacio íntimo y débilmente iluminado, Rose se puso muy nerviosa.

Señaló la pista de baile y preguntó con voz insegura:

—¿Desde aquí contemplas tu reino?

Zac se había soltado la pajarita y desabotonado el primer botón de la camisa, al igual que el chaleco. Tenía un brazo extendido sobre el respaldo del banco, muy cerca de la cabeza de ella.

Él se encogió de hombros y una expresión indescifrable, como de desagrado, apareció en su rostro. Pero se evaporó antes de que ella pudiera analizarla.

—Es una vista más bonita que la del parqué de la Bolsa.

—No sé cómo es. Nunca he estado allí.

—Háblame de ti. No te había visto antes.

Ella lanzó una risita medio histérica.

—Es que no soy de aquí.

Él frunció el ceño.

—Pero eres neoyorquina, ¿no?

Rose dio otro sorbo de champán y recordó las palabras de la señora Lyndon-Holt: «No le mientas, porque lo descubrirá al momento. Sé sincera. No te relacionará con esta casa. Se marchó antes de que empezaras a trabajar aquí».

—Sí, soy neoyorquina, de Queens. La verdad es... —vaciló durante unos segundos, dispuesta a contárselo todo, pero recordó que había firmado un acuerdo de confidencialidad.

No podía decirle toda la verdad, pero sí una parte.

—La realidad es que trabajo de criada. No debería haber estado en la fiesta, pero mi jefe me regaló una entrada. Este no es mi mundo. No soy nadie especial.

Rose esperaba que aquello fuera suficiente para que Zac retrocediera horrorizado y fuera a reunirse con los de su clase. Pero se le endureció la expresión de un modo que Rose supo que no estaba dirigido a ella.

—Es tu mundo tanto como el de cualquier otra persona.

Rose no esperaba que se solidarizase con ella. Le sorprendió la vehemencia de su voz.

Zac le quitó la copa de la mano, la dejó en la mesa y se levantó.

—Quiero enseñarte algo.

Rose no quería prolongar más aquello.

—Pero acabamos de llegar —alegó con voz débil.

—¿Quieres quedarte?

Rose miró la pista: era espectacular y seductora, pero la dejaba fría.

—No.

Él sonrió y la condujo de vuelta al pasillo por el que habían llegado, pero no fueron hasta la salida, ya que él abrió una puerta que daba a un enorme y silencioso vestíbulo.

Un hombre uniformado, sentado a una mesa, se puso en pie de un salto en cuanto vio a Zac.

—Tranquilo, George.

—Buenas noches, señor Valenti. Buenas noches, señora.

Se montaron en un ascensor. Rose seguía siendo incapaz de hacer lo que debía: marcharse. Se enfadó consigo misma por su debilidad.

—¿Adónde vamos?

—Ya lo verás. Confía en mí.

Ya se lo había dicho dos veces. Aquel hombre era un completo desconocido y, sin embargo, ella lo había seguido sin dudar.

—Apenas te conozco —afirmó con irritación.

—¿Crees que habría dejado que nos vieran juntos si realmente fuera a cometer alguna fechoría?

Rose se sintió muy acalorada al ver en sus ojos que tenía la cabeza llena de toda clase de deliciosas fechorías. Pero era ella la que realmente se estaba comportando de forma malvada.

Las puertas del ascensor se abrieron y él le dijo:

—Te prometo que no te retendré si no quieres quedarte.

«¿Quedarme dónde?», pensó ella.

Rose salió del ascensor y parpadeó varias veces. Era un jardín con praderas de césped y parterres con flores. A lo lejos se veía la mancha oscura de Central Park y las luces parpadeantes de los edificios de alrededor, lo cual lo hacía parecer suspendido en el aire, entre las altas estructuras.

—Es lo más bonito que he visto en mi vida —dijo ella, admirada.

—Tardé un tiempo en perfeccionarlo.

—¿Lo has creado tú? ¿Cuánto tiempo tardaste?

«Cinco años, para ser exactos», pensó Zac. Pero no lo dijo, sino que condujo a Rose a una terraza elevada que daba al lado opuesto de la ciudad.

Cuando llegaron a la barandilla, él se puso detrás de Rose y colocó las manos en la barandilla, a ambos lados de ella, dejándola atrapada.

Apretó los dientes, pero su cuerpo reaccionó a la tentación de las nalgas femeninas que lo rozaban.

Ella estaba tensa. Era una reacción que a Zac volvía a resultarle desacostumbrada en las mujeres. Se inclinó hacia delante y le señaló algo.

–¿Ves aquello? Es el Rockefeller Center.

Rose giró la cabeza hacia la izquierda y él tuvo que contenerse para no besarla en la nuca, que despedía un aroma dulce, floral, embriagador. Sexy.

Señaló a la derecha.

–Aquello es Carnegie Hall. Times Square está un poco más allá.

Rose miró en aquella dirección. Temblaba levemente y se aferraba con fuerza a la barandilla.

–¿Así impresionas a las mujeres? –preguntó con voz ronca–. Tengo que reconocer que funciona.

Zac se irguió, sorprendido ante la indignación que sentía. No era un angelito, pero le dolió que ella insinuara que aquello era una rutina.

Giró a Rose para que lo mirara.

–No traigo a mujeres aquí. Eres la primera.

Rose quería creer que Zac se había limitado a soltarle una mentira, ya que ello contribuiría a que se sintiera asqueada consigo misma y con él, lo cual le daría la fuerza necesaria para marcharse.

Pero no se movió. ¿Le estaba mintiendo? ¿Por qué iba a mentirle? No necesitaba un jardín para impresionar a una mujer, aunque este se alzara mágicamente por encima de una de las ciudades más vibrantes del mundo. La idea de que ella fuera de verdad la primera mujer que lo veía la abrumó y sedujo.

Él, como si percibiera sus dudas, la agarró de la barbilla.

—No he conocido a nadie como tú, Rose. Eres distinta.

El corazón de Rose comenzó a latir desbocado, y ella dejo de percibir cualquier cosa que no fuera la forma en que él la miraba, como si realmente fuera especial.

Pero no se podía ser una mujer del siglo XXI en Nueva York y no saber que los cuentos de hadas solo existían en las películas o en los libros. Zac Valenti era peligroso porque la hacía añorar algo cuya existencia había visto en sus padres; la hacía pensar que el cuento de hadas podía hacerse realidad.

Zac inclinó la cabeza y, antes de que Rose se diera cuenta, había pegado su boca a la de ella, por lo que todas sus ideas y sentimientos se evaporaron...

Ante el experto contacto de la boca de Zac, Rose dejó de pensar en los cuentos de hadas mientras el deseo se apoderaba de ella.

Él tomó su rostro entre las manos y le introdujo la lengua para explorarla, a lo que ella opuso escasa resistencia.

El poder de su beso la dejó sin aliento y la volvió loca.

Solo se percató de que estaba aferrada a su cintura al tocar con las manos sus duros músculos. Cuando Zac dejó de besarla en la boca para comenzar a hacerlo en la mandíbula, ella jadeaba.

Él la atrajo hacia sí con más fuerza pasándole el brazo por la espalda e introduciendo la mano por debajo del vestido. Sus dedos se hallaban muy cerca de uno de sus senos. Con la otra mano, le soltó el moño, le introdujo los dedos en el cabello y se lo acarició.

Ella echó la cabeza hacia atrás para que pudiera besarle el cuello, y la boca masculina dejó un reguero de fuego en su piel.

Rose era vagamente consciente de que debía detener aquello, pero la tentación de ir más allá era irresistible. Se sentía poderosa, femenina, deseada.

Zac alzó la cabeza y ella lo miró, aturdida. Los ojos de él brillaban, estaba sofocado y un mechón de cabello le caía sobre la frente. Movió las caderas y el contacto con su poderosa masculinidad hizo darse cuenta a Rose de lo real que era todo aquello.

—Te deseo —dijo él con voz ronca.

Ella trató de reprimir la insana necesidad de decirle que sí. Le puso las manos en el pecho para que hubiera un mínimo espacio entre ambos.

—Yo no hago estas cosas —dijo intentando, sin conseguirlo, manifestar su confusión.

Por fin, Zac se irguió y se separó un poco de ella.

—¿Me creerías si te dijera que yo tampoco?

El espacio entre ellos contribuyó a que algunas neuronas del cerebro de Rose comenzaran a funcionar. Sabía muy bien que, aunque Zac no hubiera llevado allí a ninguna otra mujer, indudablemente hacía esas cosas. Y con mucha frecuencia, a juzgar por las columnas de cotilleo periodístico.

Al tiempo que se percataba de la humedad entre sus muslos se cruzó de brazos.

—Puede que no hagas estas cosas aquí, pero seduces a las mujeres en cualquier otro sitio, así que no te creo.

La expresión de Zac se endureció.

–No soy un monje, pero tampoco un playboy. Las mujeres saben a qué atenerse conmigo, y cuando tengo una amante le soy fiel mientras dura. Nos divertimos y nos separamos. No me comprometo.

Ella alzó la barbilla.

–¿Eso es lo que me estás ofreciendo?

Rose se maldijo por su torpeza. Bastaba con mostrar a una chica de Queens una elegante discoteca y un jardín secreto para que comiera de tu mano como un pajarito. Si a eso se añadía a uno de los solteros más guapos y cotizados de la ciudad, estaría dispuesta a mucho más.

«Pero para eso estás aquí», se dijo.

Entonces, ¿quién era ella para juzgarlo?

Rose se dio la vuelta para apartarse de aquellos penetrantes ojos azules antes de que vieran algo en los suyos. Se le hizo un nudo en el estómago al pensar en lo cerca que había estado de cumplir el encargo que había recibido.

Zac lanzó una maldición detrás de ella.

–Lo siento –dijo ella con voz glacial–. Seguro que estás acostumbrado a otro tipo de reacción.

–No es eso. Estoy enfadado conmigo mismo. No tengo por costumbre invitar a la cama a una mujer a las pocas horas de conocerla.

Ella se dio la vuelta lentamente. La expresión del rostro masculino era inescrutable, pero le brillaban los ojos. No dudó de su sinceridad. Era un hombre orgulloso, más que cualquier otro que hubiera conocido.

–Apenas te conozco.

–La mayor parte de la gente cree conocerme.

–Supongo que es comprensible.

Él le contestó en tono resignado.

–¿Qué te parece si nos tomamos un café y luego le pido al chófer que te lleve a casa?

Rose se sintió decepcionada, a pesar de que debería estar contenta. Era evidente que Zac se aburría, pero pensarlo no la impulsó a aprovechar la oportunidad de hacer lo correcto. Deseaba estar unos segundos más con él.

–Me parece bien.

Zac asintió y deshicieron el camino andado por el jardín.

Esa vez, Zac le indicó una puerta distinta a la del ascensor. La abrió y Rose entró primero. Bajó por una escalera en espiral y, después, él la adelantó para abrir otra pesada puerta. Cuando ella entró contempló un enorme espacio con ventanas que llegaban hasta el suelo.

–Es mi piso.

Era de esperar que el piso estuviera debajo del jardín y encima de la discoteca. Probablemente todo el edificio fuera suyo.

–Ponte cómoda. ¿Cómo quieres el café?

–Con leche y una cucharadita de azúcar.

La habitación estaba decorada con lujosos sofás y mesitas de centro en las que había libros de arte y de fotografía. En las estanterías había libros y DVD.

–Aquí está.

Rose se sobresaltó al oír su voz. Estaba mirando las estanterías cuando él había vuelto con el café. Agarró la taza que le tendía y observó que se había quitado la chaqueta y el chaleco.

Él indicó la estantería con un movimiento de la cabeza.

–No vayas por ahí contando que me encantan las películas de kung-fu.

Rose se obligó a sonreír.

–No lo haré.

Sè acercó a una ventana para alejarse de él.

«Tómate el café y lárgate antes de que vuelvas a perder el control», se dijo.

La maravillaba la vida privilegiada que llevaba Zac, aunque no tenía el aire de complacencia ni de sentirse con derecho a ella que había visto en otros, como sus padres; su madre, sobre todo.

–Entonces, cuando dices que trabajas de criada...

Rose lo miró y tuvo que reprimir una sonrisa al contemplar su expresión de curiosidad.

–Significa que soy uno de los trabajadores invisibles que limpian y ordenan tu mundo para que cuando te des la vuelta todo esté en su sitio.

Él hizo una mueca.

–No pareces amargada.

No lo estaba. No la molestaba proceder de una familia de clase obrera. Había tenido el amor de sus padres y sabía que eso era lo más importante. Por ello debía salvar a su padre.

Evitó su mirada y volvió a sentirse enferma y culpable. No iba a poder hacerlo.

Dejó la taza de café en una mesita y se dijo con desesperación: «Dale las gracias por el café y dile que debes marcharte y que nunca lo hubieras conocido si no hubiera sido por...».

Y entonces, Zac dijo:

–Me parece que estás a punto de largarte y que, si lo haces, no volveré a verte.

Capítulo 3

LAS palabras de Zac impactaron a Rose como un puñetazo en el estómago. Sabía que si se marchaba no volvería a verlo. Aquello había sido una locura.

Jamás se hubiera imaginado que se hallaría en una situación como aquella, y tal vez por eso hubiera accedido a aquel plan descabellado: porque no le cabía en la cabeza que pudiera llevarse a cabo.

Sin embargo, allí estaba. Y Zac había despertado todos sus deseos. Y ella sabía que, si quería, podría satisfacer las exigencias de la madre de Zac.

Pero no podía hacerlo.

Y menos después de haberlo conocido.

No podía engañarlo y utilizarlo en beneficio de su madre. No tenía derecho.

Jocelyn Lyndon-Holt se había valido de su miedo y de su falta de recursos. Se había aprovechado desvergonzadamente de la enfermedad de su padre.

Rose, aterrorizada, había accedido. Pero, frente a la posibilidad de llevar a cabo realmente el plan, supo que no podría soportarse a sí misma si lo hacía.

Tendría que buscar otra forma de salvar a su padre. Si se marchaba en aquel momento, no sucedería nada. No estaba dispuesta a jugar con una vida ajena.

–Debo irme –dijo con más firmeza.

–¿Por qué? –preguntó él agarrándola del brazo.

Ella comenzó a enfurecerse por estar en aquella situación, con un hombre que no podía ser suyo. Se soltó de su mano.

–Porque no debería estar aquí.

–¿Quién lo dice?

Rose lo fulminó con la mirada y se cruzó de brazos.

–No todo el mundo se arrodilla ante el poderoso Zac Valenti.

Él se sonrojó.

–Ni lo espero.

Estaba siendo injusta. Su furia se evaporó. Él no era el objeto de su ira, sino de otra cosa. Y si no se marchaba... Presa del pánico, miró a su alrededor buscando el bolso.

No lo encontró. Respiró hondo y volvió a mirar a Zac.

–Lo siento, pero tengo que irme, de verdad.

–¿Estás casada? ¿Tienes novio?

–No, nada de eso.

Esa vez fue él quien se cruzó de brazos.

–Entonces, dime por qué quieres irte –Zac consultó su reloj–. Aunque sea cerca de media noche, no creo que vayas a convertirte en calabaza cuando den las campanadas, y sigues teniendo los dos zapatos.

Algo se debilitó en el interior de Rose, la resistencia a la que se aferraba desesperadamente.

–No quiero marcharme –reconoció.

La seriedad del rostro masculino desapareció de inmediato. Zac bajó los brazos, se acercó a ella y la agarró de la barbilla.

–Pues no te vayas. Quédate conmigo esta noche.

Ella miró sus ojos azules y se zambulló en un sueño en el que se quedaba y pasaba una noche maravillosa con el hombre más excitante que conocía.

Una seductora voz interior le susurró: «Puedes hacerlo si lo deseas verdaderamente. Aprovecha la noche y guarda el secreto para siempre».

En ese momento, un sonido agudo rompió el silencio. Rose volvió a la realidad y vio que Zac, con expresión irritada, se sacaba el móvil del bolsillo. Miró la pantalla y soltó una palabrota.

–Lo siento, pero tengo que contestar. Es una llamada importante que estaba esperando. Pero no te muevas.

El teléfono siguió sonando con insistencia. Zac siguió mirándola esperando que le prometiera que no se iría.

–De acuerdo –dijo ella finalmente.

Pero cuando lo vio alejarse supo que le había mentido. Era su última oportunidad. Debía irse inmediatamente.

Al menos, se dijo después de haber encontrado el bolso y mientras salía del piso, no traicionaría a Zac.

Y no volvería a verlo.

Sintió una opresión en el pecho mientras bajaba en el ascensor. Atravesó el vestíbulo y George, el conserje, apenas la miró, ocupado con otros residentes.

Al salir a la calle vio el coche de Zac y a un chófer cerca de él, por lo que tomó la dirección opuesta y paró un taxi.

Al llegar a la vivienda de los Lyndon-Holt, entró por la puerta de servicio, se cambió de ropa y, en el último momento, aunque sabía que no estaba bien, metió el vestido en el bolso. Sería el único recuerdo tangible de aquella hermosa noche, en la que hubo un momento en que parecieron abrírsele toda clase de posibilidades.

Salió silenciosamente de la casa, tras haber dejado una nota para la señora.

Lo siento, pero el plan no ha funcionado. Renuncio al puesto hoy mismo.

Poco después, en el metro de vuelta a Queens, se dijo que el sentimiento de pérdida que experimentaba era ridículo. Zac Valenti no era nada especial para ella. Estaba haciendo lo correcto, lo único que podía hacer. Quería que su padre se pusiera mejor más que nada en el mundo, pero no a expensas de jugar con la vida de otro.

Una semana después, Rose volvía a casa caminando tras haber hecho unas compras con sus ahorros, que disminuían rápidamente. Por suerte había encontrado trabajo durante unas horas a la semana en una herboristería, pero necesitaba otro empleo si quería aumentar la cobertura del seguro sanitario para que su padre pudiera entrar en lista de espera para la operación que necesitaba.

«Pero eso requeriría meses», se dijo. «Meses de los que no dispone».

Trató de controlar el pánico. Era joven y estaba sana. Trabajaría en cinco sitios distintos.

No se arrepentía de haber dejado su empleo en casa de los Lyndon-Holt. No quería volver a ver a la señora. Se sentía sucia solo de pensar en que había accedido.

Absorta en sus pensamientos, no prestó atención al coche negro que iba a su altura y que se detuvo cuando ella lo hizo para cruzar la calle.

Lo miró en el momento en que una persona conocida salía por la puerta trasera, que sostenía el chófer.

Como si hubiera conjurado su presencia con el pensamiento, la señora Lyndon-Holt, resplandeciente con su ropa de diseño, le dijo con aire de superioridad:

–¿Quieres subir al coche, Rose? Tenemos que hablar.

Horas después, vestida con una blusa blanca y una falda negra que le llegaba a la rodilla y con el pelo recogido en un moño, Rose pasó entre los invitados llevando una bandeja de canapés para que se sirvieran.

Aún recordaba las palabras de la señora Lyndon-Holt: «¿Debo recordarte que has firmado un documento legal? Podría demandarte por incumplimiento de contrato».

Rose había protestado sin resultado alguno. Incluso trató de convencerla de que Zac le había pedido que se fuera.

La señora le había respondido que, si no estaba interesado en ella, por qué llevaba una semana buscándola; que su interés había aumentado por el hecho de que ella hubiera huido; y que no olvidara por quién estaba haciendo aquello, por su padre, que no merecía sufrir a causa de su negativa a actuar.

Al final, la amenaza de demandarla judicialmente y el recordatorio de por qué había firmado el contrato hicieron que Rose aceptara de mala gana una nota con una dirección e instrucciones sobre lo que ponerse.

Así que allí estaba, sirviendo un bufé en una mansión que albergaba una importante colección de obras de arte, que solo se mostraba al público una o dos veces al año, en ocasiones como aquella.

Rose rogó que Zac no apareciera y se convenció de que, si lo hacía, no la recordaría, a pesar de lo que había afirmado su madre.

Pero, justo cuando lo estaba pensando, se hizo un silencio en la sala y lo vio entrar.

Se puso tan nerviosa que estuvo a punto de tirar la bandeja. Zac escuchaba atentamente lo que le decía el anfitrión.

Rose no podía respirar, aterrorizada ante la posibilidad de que él se volviera y la viera. Le dio la espalda y trató de alejarse de su línea de visión, pero chocó con otra camarera que estaba detrás de ella. Las bandejas de ambas chocaron y cayeron a la cara alfombra oriental, salpicando a los invitados.

Se hizo un silencio mortal.

Zac intentaba parecer interesado en lo que le decía el anfitrión, pero sus pensamientos estaban en otra parte, fijos en una mujer pelirroja con cara de ángel que le inspiraba deseos no muy angelicales.

Le seguía resultando increíble que ella se hubiera marchado aquella noche, después de mirarlo con sus ojazos verdes y de decirle que se quedaría.

Ninguna mujer lo había dejado plantado en su vida. El deseo que le había provocado no tenía precedentes. Necesitaba saber más de ella. ¿Por qué sus hombres no la habían encontrado?

De pronto se produjo un fuerte sonido metálico. Giró la cabeza y vio caer las dos bandejas y una cabeza pelirroja con el cabello recogido en un moño.

Se le contrajo el estómago. No podía ser ella. Pero, entonces, ella giró levemente la cabeza en su dirección y reconoció su perfil.

Al reconocerla sintió una mezcla de alivio y deseo. Esa vez no consentiría que se le escapase.

Rose trataba de recoger los restos de los canapés. La otra camarera le susurró:

–¿Qué te pasa? Nos van a despedir a las dos por tu culpa y yo necesito este trabajo.

–Lo siento. No sé lo que...

–Bueno –apuntó alguien con seguridad–. No creo que nadie vaya a perder su empleo por un pequeño accidente, ¿verdad, señor Wakefield?

Rose se quedó inmóvil. Era su voz. Miró a su izquierda y vio unos pies calzados con caros zapatos.

–Desde luego que no –dijo otra voz–. Apartémonos para que puedan limpiar.

Entonces, Rose sintió que la agarraban del brazo y tiraban de ella para levantarla.

Le faltaba el aire. Apenas se percató de que, mientras otros limpiaban, Zac se la llevaba del lugar del accidente. Se sorprendió de que las piernas le respondieran, ya que no las sentía.

Él abrió una puerta y la introdujo en una habitación con paneles oscuros, llena de libros.

–¿Estás bien?

Ella alzó la vista hacia los azules ojos de Zac, que brillaban más de lo que recordaba, y asintió.

–¿Me... me has reconocido?

Zac hizo una mueca.

–Nos conocimos hace una semana, Rose. La memoria me funciona bastante bien. Y eres memorable, a pesar de que te fueras sin despedirte.

Por suerte, la mente de Rose se despejó. Liberó el brazo de su mano y retrocedió.

Zac se apoyó en la puerta, con las manos en los bolsillos y un aire de total despreocupación, como si fuera el dueño de todo aquello.

–Me dijiste que te quedarías –la acusó.

Rose se puso a la defensiva.

–No exactamente. Te dije «de acuerdo». Pero tenía que marcharme.

–¿Por qué?

Rose apartó la vista de su incisiva mirada. Se debatía entre la euforia por haberlo visto de nuevo y la tristeza de saber que le había tendido una trampa.

Volvió a mirarlo y se señaló el uniforme.

–Porque esto es lo que soy. No formo parte de su mundo señor Valenti, y creo que lo atraigo porque soy algo distinta.

–Claro que lo eres, pero porque eclipsas a todas las mujeres de ahí fuera.

–No diga eso, por favor. No es verdad.

Él se le acercó y ella retrocedió hasta chocar con la

librería. No se sentía amenazada, sino como una flor que se abre al contacto con el sol.

–Creía que había quedado claro que no debes llamarme señor Valenti.

Extendió la mano y le deshizo el moño. El cabello le cayó sobre los hombros.

–Me gusta más así, más libre y despeinado –añadió.

El corazón de Rose comenzó a latir desbocado.

–Eres difícil de encontrar, ¿lo sabías?

–¿Me has buscado? –Rose no se lo había creído, por lo que se sintió embriagada cuando él se lo confirmó.

Zac asintió.

–No he podido dejar de pensar en ti ni olvidar tu dulce sabor.

Rose se esforzó para que no le temblaran las rodillas y acabara cayendo al suelo.

–Eso es porque me fui. No estás acostumbrado a que una mujer te deje plantado.

–No me gustan los jueguecitos, Rose.

Rose tardó unos segundos en darse cuenta de que él creía que se había ido a propósito.

–No intentaba provocarte. Me marché porque tenía que hacerlo.

«Del mismo modo que tú deberías irte ahora, antes de que las cosas vuelvan a ir demasiado lejos», pensó.

–¿Por qué luchas contra la atracción que existe entre nosotros?

La agarró de la barbilla, le puso la otra mano en la cadera e inclinó su rostro hacia ella. Rose fue incapaz de moverse.

Su boca la excitó. Al cabo de unos segundos de vacilación, alzó los brazos y los enlazó en su nuca. Quería arquear el cuerpo, y tembló al contenerse para no hacerlo. Él la apretó más contra sí. Los senos femeninos le presionaron el pecho, y los pezones se endurecieron ante el contacto.

La persistente llamada a la puerta terminó por penetrar en la burbuja en la que se hallaban. Zac se separó de ella con la impaciencia reflejada en el rostro.

—¿Señor Valenti? El señor Wakefield lo está buscando.

Zac maldijo en voz baja sin apartar la vista de Rose.

—Dígale que ha ocurrido algo inesperado y que tengo que marcharme.

—Muy bien, señor.

Zac miró a Rose durante unos segundos.

—No he deseado a ninguna otra mujer tanto como a ti, Rose.

Ella se mordió los labios para no decirle lo mismo. Él la tomó de la mano para conducirla a otra puerta.

Ella trató de detenerlo.

—Espera, trabajo aquí. Tengo que volver.

—Eso se ha acabado. Te vienes conmigo.

Rose se soltó de un tirón.

—Espera un momento. Me vas a hacer perder el trabajo.

Frente a su arrogancia, se olvidó de que solo le habían dado trabajo ese día gracias a la madre de Zac.

—Puedes volver y seguir sirviendo, conmigo pegado a ti, o puedes acompañarme. Y si el empleo es tan importante para ti, mañana por la mañana tendrás otro donde quieras.

Rose se limitó a mirarlo, incapaz de pronunciar palabra.

—No volveré a perderte de vista. Así que podemos hacer esto por la vía rápida, y marcharnos ahora, o esperar y hacerlo luego. Tú decides.

Rose pensó en volver, pero con Zac pegado a ella tiraría muchas más bandejas antes de que finalizara su turno. Ya había llamado bastante la atención.

—Deja de pensártelo. Es muy sencillo: quiero conocerte.

Rose se fue con él, por supuesto. Era débil y, además, quería hacerlo, a pesar de lo que le deparara el futuro a su padre si no cumplía el encargo de la señora Lyndon-Holt.

Zac pidió al chófer que parara en Central Park y dieron un paseo agarrados de la mano. Hablaron de cosas intrascendentes.

Él le compró un helado y se sentaron en un banco.

—¿No deberías estar trabajando? —preguntó ella.

Él alzó la cabeza al sol de la tarde, cerró los ojos y volvió a abrirlos.

—Hoy hago novillos.

Rose nunca se hubiera imaginado que pasaría un par de horas en compañía de Zac Valenti de aquel modo, como si fuera un hombre normal, en vez de un famoso multimillonario.

El sol se estaba poniendo cuando salieron del parque. Rose vio a lo lejos el edificio donde vivía él.

—Veo tu jardín desde aquí —Rose se lo señaló.

Como Zac no dijo nada, lo miró. Se había desatado

la corbata y llevaba la chaqueta colgada al hombro. La brisa lo había despeinado.

–Me parece increíble lo que te voy a decir, pero hay una parada de metro al otro lado de la calle, o puedo llevarte a casa en el coche.

A Rose se le cayó el alma a los pies. No quería estar con ella después de darse cuenta de lo aburrida que era.

–Pero no quiero que te vayas –añadió–. Quiero que pases la noche conmigo.

Ella sitió un indebido alivio. O lo tomaba o lo dejaba. Nada de juegos. La deseaba y no pensaba desperdiciar el tiempo fingiendo que no era así.

Rose deseó poder aceptar libremente la propuesta de Zac. Pero estaba engañándolo.

Se soltó de su mano y retrocedió con paso vacilante, como si su mera presencia la embriagara. Negó con la cabeza.

–Lo siento, no puedo.

Prefería ser objeto de la ira de su madre a traicionarlo.

Aprovechó un hueco entre los coches para cruzar la calle. Se detuvo al otro lado y, con el corazón dolorido, miró a Zac, que tenía una expresión dura y orgullosa. Estaba segura de que no volvería a buscarla. Había despertado su interés brevemente, pero un hombre como él pronto olvidaría a una criada que se hacía de rogar. Y su madre encontraría a otra que lo engañara.

Caminó arrastrando los pies hasta la parada de metro. La cavidad subterránea parecía oscura, fría y húmeda. Volvió a mirar al otro lado de la calle. Zac seguía allí.

Rose nunca había deseado nada tanto como volver junto a él. Quería olvidarse de sus responsabilidades, fingir que se habían visto de nuevo por casualidad, tal como él creía.

«Puedes hacerlo si lo deseas. Toma lo que te ofrece y márchate», se dijo.

Vaciló. Sabía que no podía contarle todo, pero ¿y si era brutalmente sincera sobre su total falta de experiencia? Seguro que dejaría de atraerlo. A un hombre acostumbrado a amantes experimentadas no le haría gracia tener que enseñar a una novata...

Y si, a pesar de todo, seguía deseándola, no se quedaría embarazada. Él se aseguraría de ello, según habían dicho las dos mujeres en el tocador del hotel. Zac Valenti no se dejaría atrapar de ese modo.

Rose dio la espalda a la marea de gente que salía por la boca del metro. Como si Zac se hubiera dado cuenta de su capitulación, cruzó la calle y se le acercó sin dejar de mirarla a los ojos.

Intercambiaron un mensaje silencioso: «¿Estás segura? Basta de juegos».

Y desde el fondo de su corazón surgió una sola palabra cuando él la tomó de la mano: «Sí».

Zac se sentía eufórico y temerario. Pensó que estaba perdiendo el juicio.

¿Cuándo se le había ocurrido la idea de pasear por Central Park por la tarde, de la mano de una mujer? ¿O comprarle un helado? ¿O robarle tiempo al trabajo? Era algo que no había hecho nunca.

Desde el momento en que había vuelto a ver a

Rose, el cerebro había dejado de funcionarle normalmente.

Se había controlado para no maldecir cuando ella se había encaminado hacia el metro. Pero se había quedado parada ante la boca. Y cuando lo había mirado, su deseo era palpable.

Zac hubiera deseado lanzar un grito triunfal al saber que esa misteriosa mujer que lo había embrujado iba a ser suya. Tenía que quitársela de la cabeza y continuar con su vida.

La semana anterior se había percatado de que estaba más a merced de sus hormonas de lo que creía. Para un hombre que controlaba su vida era una sensación desagradable.

Procedía de un mundo regido por la lógica, en el que manifestar las emociones era signo de debilidad. Desde muy pequeño, se había guiado por un código muy estricto. Y aunque creía haberse deshecho de él, no era así; simplemente había cambiado las reglas.

Lo sucedido con sus padres le había demostrado que no controlar las emociones conducía a la perdición. La pasión insensata había arruinado sus vidas y la de él mismo. Y aunque deseaba, por encima de todo, vengarlos, también quería demostrar que sabía controlarse y que su vida no descarrilaría como la de ellos.

Rose lo había subyugado, lo cual no le gustaba. Por eso, cuanto antes se liberara del hechizo, mejor.

Capítulo 4

EL PISO de Zac estaba bañado por la luz del sol. Rose se obligó a respirar más despacio. Se soltó de la mano de Zac al entrar y se acercó a una ventana a contemplar la vista.

Él se puso a su lado y ella comenzó a sentir pánico. ¿Qué hacía allí?

Para romper el silencio, farfulló unas palabras.

–Esto es precioso. Eres muy afortunado.

–Sé lo hermoso que es y lo afortunado que soy.

Apoyó la espalda en el cristal y ella lo observó. Se había quitado la corbata y la miraba como si la estuviera evaluando.

Rose tuvo un ataque de timidez. Llevaba muy poco maquillaje, el cabello suelto y despeinado y una ropa anodina. Tenía un aspecto totalmente opuesto al de la mujer que había conocido una semana antes.

–¿Por qué me deseas? –le preguntó.

–Porque eres lo más bonito que he visto en la vida.

–No lo soy –Rose agachó la cabeza y el cabello le cayó sobre el rostro.

Zac se lo colocó detrás de la oreja y le levantó la cabeza poniéndole un dedo en la barbilla. Se puso frente a ella.

–Sí lo eres, Rose. Y por eso te deseo, aparte de

porque no podré volver a pensar con claridad hasta que te haya poseído.

Se le acercó más, hasta que sus cuerpos se rozaron. Ella sintió que el aroma masculino la ahogaba y se agarró a su camisa para no caerse al suelo. Y él inclinó la cabeza.

Sus besos eran dulces como la miel. Ella gimió con desesperación en la boca masculina, lo que él tomó como una invitación para introducirle la lengua, que se enredó en la de ella. El beso se hizo más profundo y sensual.

Zac le puso la mano en la cintura y siguió descendiendo hasta apretarle una nalga.

Rose se separó de su boca. Apoyó la frente en el cuello masculino, jadeante. Zac retrocedió un poco para conducirla a un sofá cercano. Se sentó y ella cayó en su regazo.

Rose trató de sentarse, pero él no se lo permitió.

—Te quiero así.

Volvió a besarla y ella se olvidó de protestar. Él le agarró un seno y se lo apretó suavemente. Después, le sacó la camisa de la falda para acariciarle la cintura y siguió ascendiendo hasta volver a asirle el seno y acariciarle el pezón.

Rose apartó la boca de la de él y lo miró, enfebrecida. Zac le bajó el sujetador y le puso la mano en el pecho desnudo.

—Desabotónate la camisa. Quiero verte.

Ella lo obedeció con manos temblorosas, como si fuera un robot.

—Tal y como lo había imaginado: es hermoso —murmuró él.

Inclinó la cabeza y se lo besó y lamió, y chupó el pezón como si fuera un exquisito bocado.

Después le destapó el otro seno y volvió a hacer lo mismo. Ella tuvo que apretar los muslos con fuerza para contener la tensión creciente que experimentaba en el centro de su feminidad.

Pero él le introdujo la mano entre ellos y se los separó. Se la apretó contra el sexo por encima de las braguitas, explorándolo con los dedos arriba y abajo. Rose lo agarró del brazo buscando sostén. Le resultaba increíble estarse comportando de una manera tan desvergonzada, permitirle que la acariciara tan íntimamente, empujándola a caer por un precipicio que, hasta entonces, había explorado sola.

Pero no fue capaz de decirle que se detuviera.

Zac le apartó la braguita y la acarició con mano experta, sabiendo lo que ella deseaba. Rose se mordió los labios. Sin dejar de mirarla, él siguió desvelando todos sus secretos con los dedos y luego se introdujo en ella suavemente al principio, pero con creciente presión después, abriéndose paso de forma rítmica e implacable.

Le acarició el clítoris con el pulgar. Rose intentó controlarse, pero le resultó imposible. Se derrumbó en sus brazos, con la cabeza hacia atrás, al tiempo que se le contraían los músculos, totalmente indefensa ante semejante oleada de placer.

Le pareció que tardaba siglos en volver a la realidad mientras flotaba en una nube de satisfacción que nunca había experimentado. Lo miró, aturdida.

Él lo hizo con sensual aprobación.

—Reaccionas muy bien.

Después, Rose vio cómo lo hacía él, cuando lo contempló completamente desnudo. Volvió a excitarse. Llevaban apenas unos minutos en el piso y ella volvía a gemir y a retorcerse en su regazo. Seguro que su reacción no tenía nada que ver con las elegantes respuestas a las que, sin duda, él estaría acostumbrado.

Se libró de su abrazo y se desplazó al otro extremo del sofá al tiempo que se bajaba la falda y se cerraba la camisa.

Zac se incorporó.

—¿Qué te pasa, Rose?

No lo oyó porque se estaba reprendiendo a sí misma por no haberle dicho la verdad. ¿No era eso parte del trato al que había llegado consigo misma para justificar el haberse ido con él? Pero se le había olvidado con la exaltación del momento. Se suponía que debería desanimarlo, no darle esperanzas.

Él se había puesto a su lado.

—Hay algo que debes saber —le dijo con voz ronca—. Soy virgen.

Zac se esforzó en comprender, ya que el deseo le entorpecía los pensamientos.

—¿Qué has dicho?

Ella se sonrojó y lo repitió:

—Soy virgen.

Él la miró durante unos segundos. Si le hubiera dicho que había un unicornio al otro lado de la habitación, se habría sorprendido menos. Pensó en cómo había reaccionado a sus caricias y observó que se había vuelto a colocar bien la ropa.

De pronto, necesitó más espacio. Se levantó y le preguntó:

–¿Cuántos años tienes?

–Veintidós.

–¿Y nunca...?

Rose se levantó a su vez, con los brazos cruzados para que no se le abriera la blusa. Tenía la falda subida y se le veían los muslos. Estaba muy sexy. Y él se dio cuenta de que no era consciente de su atractivo.

Zac comenzó a sentir una opresión en el pecho.

Ella evitó mirarlo a los ojos,

–Nunca he tenido novio ni he deseado tener sexo con nadie. En casa solo vivimos mi padre y yo. Él lo pasó muy mal cuando mi madre murió, así que no he salido mucho.

La sensación de opresión de Zac aumentó. Lo conmocionó, sobre todo después de los secretos y mentiras que había descubierto en su familia y de la tragedia que había derivado de ellos.

Sabía que debería pedirle que se fuera. No se relacionaba con vírgenes. En su mundo se había abandonado la ilusión de que la inocencia o las familias felices existieran. Sin embargo, se sintió incapaz de hacer lo que debía.

Puso un dedo en la barbilla de Rose para levantarle la cabeza. En cuanto sus miradas se encontraron, supo que no la dejaría marchar, a pesar de su inocencia. La quería para sí con una fiereza que lo desconcertó.

–Me has dicho que no has querido tener sexo con nadie. ¿Quieres hacerlo ahora?

Rose asintió.

Zac había aprendido a valorar la sinceridad por

encima de casi todo, y, en aquel momento, Rose le pareció que representaba algo que no había experimentado jamás: una especie de pureza.

La atrajo hacia sí al tiempo que le acariciaba el rostro, tan suave como un pétalo de rosa.

–¿No quieres que me vaya? –preguntó ella.

–¿Por qué iba a quererlo?

Ella tragó saliva.

–Porque no tengo experiencia.

–De ningún modo, querida Rose. No vas a irte a ningún sitio.

A ella le brillaron los ojos de deseo. Y él quiso devorarla.

La tomó de la mano para conducirla al dormitorio y no poseerla en el suelo, como un animal. Ella se la apretó y él la miró. Estaba pálida y parecía inquieta.

–No tomo la píldora. Necesitamos protección.

Zac se sintió aliviado porque, por un momento, creyó que había cambiado de opinión. Pero lo que le preocupaba era la protección, igual que a él.

La agarró por la nuca y pegó su boca a la de ella. Su cuerpo ya había reaccionado al deseo, y no esperaría.

–No te preocupes. Yo me encargaré de que estemos protegidos.

La preocupación de ella la hacía aún más sincera. Zac sabía que, si tuviera más experiencia, podría aprovecharse de la situación en la que él se encontraba con su familia.

La llevó al dormitorio. Había algo visceral en saber que ningún otro hombre la había tocado, que sería el primero en dejarle su marca. Sería indeleblemente suya.

La soltó de la mano y se volvió a mirarla. Tenía los ojos muy abiertos y la boca aún hinchada por los besos. Se le adivinaban los pezones endurecidos debajo de la camisa.

Zac pensó que tenía que controlarse. Casi le daba miedo tocarla.

—Quítame la camisa.

Cuando ella avanzó hacia él se le abrió la camisa, que dejó al descubierto las seductoras curvas de sus senos desnudos.

Zac tuvo que cerrar los puños para no tomarlos en sus manos. Ella le fue desabotonando lentamente, uno a uno, los botones. Los dedos le rozaban la piel con leves caricias.

Zac apretó los dientes. Cuando ella, concentrada, sacó la punta de la lengua y se mordió el labio inferior, comenzó a sudar. Las manos femeninas habían llegado a la altura del cinturón, y no pudo resistirlo más. Se las agarró y le besó las palmas.

Después, se las soltó, se sacó la camisa por la cabeza y la tiró al suelo.

Ella le miró el pecho. Zac vio que cerraba un puño, como si se contuviera para no acariciarlo. Él le abrió los dedos y le colocó la mano en el centro de su pecho.

Tenía la mano fría, pero lo quemó como la más seductora de las caricias. Ella lo miró y comenzó a explorarlo con titubeos. Cuando le arañó un pezón con la uña, él contuvo el aliento y se excitó mucho.

—¿Te he hecho daño?

—No, todo lo contrario.

Ella descendió hasta el abdomen, y más abajo. Le agarró el cinturón y lo miró como pidiéndole permiso.

Él se limitó a asentir. Se había quedado sin palabras.

Ella se lo desabrochó y le desabotonó el botón de la cintura de los pantalones. Zac casi se sintió avergonzado del enorme bulto de su entrepierna.

Ahogó un grito de placer. Ella estaba bajándole la cremallera y rozaba su excitación con los nudillos.

Ella volvió a mirarlo y él le apartó las manos.

—No voy a durar mucho si me sigues acariciando así.

—Lo siento.

Zac la agarró de la barbilla. ¿Cómo era posible que no supiera lo que le estaba haciendo? Porque era inocente.

—No lo sientas.

La soltó para quitarse los pantalones, que dejó en el suelo.

—Quiero verte.

Rose se quitó la camisa lentamente. Sus senos desnudos estaban levemente levantados por el sujetador. Zac se quedó maravillado; aquello era posiblemente lo más sensual que había visto en su vida.

Ella se desabrochó el sujetador, que también cayó al suelo. Sus senos, perfectamente formados, estaban a la vista, cada uno coronado por un pequeño, duro y rosado pezón. A él se le hizo la boca agua. Quería volver a saborearlos.

Ella levantó los brazos para cubrírselos. Él se los bajó con delicadeza.

—Eres hermosa.

—Nadie me había visto nunca así.

—Gracias por confiar en mí.

Los ojos de Rose brillaron durante un momento con algo parecido a la culpa, pero él pensó que lo había imaginado, ya que el brillo desapareció de inmediato. ¿Y por qué iba a sentirse culpable?

Rose se quitó la falda y se quedó frente a él en unas cómodas braguitas blancas que a él volvieron a parecerle el colmo del erotismo después de años viendo a mujeres desfilar con toda clase de transparencias.

El deseo sustituyó a las palabras y los pensamientos. Ella tenía los miembros largos y la piel pálida, curvas delicadas, cintura alta, pecas en los antebrazos y el pecho.

Zac la tomó de la mano y la condujo al lecho.

–Túmbate, cariño.

El término afectuoso le salió espontáneamente. Solía ser más circunspecto.

Ella se sentó en la cama mientras él se quitaba la ropa interior. Rose se lo quedó mirando fijamente. Él se llevó la mano a su masculinidad, como si eso pudiera aplacar el deseo.

Buscó protección en el cajón de la mesilla. Rose observaba sus movimientos.

–Túmbate.

Lo hizo lentamente, sin dejar de mirarlo. Él se tumbó a su lado en la enorme cama y se fijó en lo oscura que parecía su piel en comparación con la de ella.

Le puso la mano en el vientre y Rose contrajo los músculos.

–Te voy a hacer disfrutar, pero puede que al principio te duela un poco. Confía en mí, ¿de acuerdo?

Ella asintió. Zac la besó largamente en la boca. Ella se le abandonó con dulce inocencia, pero, de repente, apartó la cabeza y se puso tensa. Miró las enormes ventanas de la habitación.

—¿No nos verán desde fuera?

Zac recordó que algunas de sus amantes habían deseado hacer el amor junto a una ventana, precisamente para que los vieran.

—No, los cristales son especiales y lo evitan.

—Ah...

Volvió a relajarse. Zac le acarició el cuello y descendió hasta uno de sus senos. Se lo estrujó y observó que el pezón sobresalía como una fresa. A ella se le aceleró la respiración. Zac se preciaba de ser un buen amante, pero, en aquel momento, le pareció que todo lo que conocía no le servía de nada.

Se inclinó y le lamió el seno y se lo introdujo en la boca. Podría pasarse días haciéndolo. Su masculinidad se endureció aún más al oír los suaves gemidos de Rose y al sentir que lo agarraba del cabello.

Deslizó la mano por su vientre y descendió un poco más. Ella había cerrado los muslos con fuerza. Él se los acarició con suavidad y ella se relajó y los separó. Él aspiró el olor almizclado de su excitación.

Se dio cuenta de que no podría contenerse mucho más. Exploró los rizos que ocultaban su feminidad y estuvo a punto de gemir cuando percibió lo húmeda que estaba. Lista para él.

Le quitó las braguitas y no pudo resistir la tentación de saborearla. Se situó frente a ella y le colocó las piernas sobre sus hombros.

Ella alzó la cabeza.

–¿Zac...?

–Shhh. Túmbate.

Ella lo hizo. Zac le besó la parte interior de los muslos. Su olor era más embriagador que el de un caro perfume. Se abrió paso entre sus pliegues secretos con la lengua y la introdujo en el estrecho canal.

Ella le apretó la cabeza hasta hacerle daño, pero ni siquiera eso lo distrajo. Estaba ebrio de ella. Le lamió el clítoris y volvió a introducirle la lengua mientras contenía el deseo de acabar de una vez y liberarse.

Ella empujó el cuerpo contra su rostro y él extendió una mano hacia uno de sus senos y se lo apretó con fuerza cuando ella alcanzó el éxtasis, con espasmos tan intensos como la vez anterior.

De pronto le asaltó la idea de que nunca dejaría de desear a Rose, pero el deseo de penetrarla hizo que no le hiciera caso.

Alzo la cabeza y vio que ella sonreía con el rostro brillante de sudor.

Zac se puso un preservativo y volvió a situarse entre sus piernas

–¿Estás lista? –le preguntó con voz gutural. Desesperada.

Ella asintió. Parecía drogada.

Zac comenzó a penetrarla con cuidado, solo con la punta. Ella seguía húmeda, pero estaba contraída. Lo agarró con fuerza de los brazos.

–Estoy bien. Sigue.

Él se arrodilló y le levantó levemente el cuerpo al tiempo que le separaba aún más las piernas. La penetró un poco más y enlazó las piernas de ella a sus caderas.

Se inclinó y la besó en la boca al tiempo que la embestía con fuerza. Se tragó el grito de ella, que se unió a su propio gemido.

Reculó un poco. Rose jadeaba y le clavaba las uñas. Estaba muy pálida.

–¿Estás bien?

Ella tardó unos segundos en responder.

–Creo que sí.

Él comenzó a masajearle el sexo con suavidad y notó su reacción en su miembro. Apretó los dientes para controlarse, ya que lo único que deseaba era salir de ella y volver a embestirla con toda la fuerza de la que fuera capaz.

Se movió lentamente, entrando y saliendo, y sintió que Rose se relajaba. Pensó que era el primer hombre que gozaba de ella.

La abrazó al tiempo que comenzaba a moverse rítmicamente. Los último vestigios de control desaparecieron cuando el cuerpo de Rose comenzó a responderle y sus piernas se apretaron en torno a él.

Y cuando ella comenzó a mover las caderas en pequeños círculos, no pudo contenerse más. La embistió fuerte y profundamente y sintió las contracciones femeninas justo antes de que él se viera inmerso en un placer tan intenso que, durante unos segundos, no fue consciente de nada, salvo de los latidos de su corazón.

Cuando volvió a la realidad se percató de que estaba aplastando a Rose. Sintió leves pulsaciones en el sexo. Alzó la cabeza para mirar hacia abajo, incrédulo. Aquello nunca le había sucedido antes.

Rose tenía la cabeza vuelta hacia un lado y los ojos

cerrados. Zac se separó de ella, que parecía estar bien. Pero ¿no se había lanzado a obtener su propio placer sin pensar en el de ella?

Vio que había cerrado las piernas. Había sangre en las sábanas. Se sintió como si le hubieran dado un puñetazo en el estómago.

La tapó con la sábana.

–¿Estás bien, Rose? ¿Te he hecho daño?

Rose sabía que no podía eludir las preguntas de Zac eternamente. Giró la cabeza hacia él y vio que las miraba con ojos asustados.

–Estás llorando. Te he hecho daño, pero creí...

Ella no se había dado cuenta de que lloraba, pero negó con la cabeza y se secó una lágrima.

–No, no me has hecho daño.

–¿Entonces?

–No me imaginaba que pudiera ser así. Ha sido muy hermoso.

Se estremeció. «Hermoso» no era un término adecuado para expresar lo que había pasado. Había sido algo brutal, el placer y el dolor unidos en una sensación pura e incandescente. Y un placer como nunca había experimentado.

Zac le acarició el rostro como si fuera a romperse.

–¿Estás segura?

Ella asintió.

–Al principio, cuando... –se sonrojó–. Me dolió, pero no mucho tiempo. Después se transformó en otra cosa.

Zac se tumbó de espaldas y ella se acurrucó a su

lado al tiempo que recordaba la boca de él entre sus muslos. Se ruborizó de arriba abajo.

Él le acarició la ardiente mejilla y sonrió.

–¿En qué piensas?

Ella se avergonzó del deseo de él que volvía a sentir. Tan pronto y a pesar de que tenía los músculos doloridos.

–En nada.

–Mentirosa.

A ella se le contrajo el estómago. La verdad era que aquella noche era una completa mentira. «Pero al menos, él ha usado protección», pensó.

Zac la apretó contra sí.

–Descansa.

Ella supo que aquello se había acabado y que debía marcharse. Pero le pesaba tanto y tan deliciosamente el cuerpo que se aferró a aquel sueño un poco más y se quedó dormida.

Capítulo 5

AL DESPERTARSE, Zac notó el cuerpo desacostumbradamente pesado. Le dolía todo él. Era una sensación poco habitual.

Se le ocurrió que tal vez estuviera enfermo.

Pero, entonces, aspiró un olor femenino y se espabiló del todo. Abrió los ojos. No estaba enfermo. Era Rose. Y, de pronto, su cuerpo dejó de estar pesado y comenzó a reaccionar.

Lo asaltaron una serie de imágenes: pechos firmes coronados por pezones pequeños, muslos pálidos y delgados separándose para él, su lengua saboreando la dulce esencia de ella, la sensación de sus músculos apretándose en torno a él, sus ojos verdes...

Virgen. Suya.

El sol entraba por la ventana. Normalmente no dormía más allá del amanecer, así que se sintió desconcertado.

La cama estaba vacía, pero el olor de ella permanecía. No lo había soñado. Pero, de pronto, recordó fragmentos de un sueño en el que habían vuelto a hacer el amor apasionadamente.

Zac frunció el ceño. En el sueño no había usado protección. Y como él nunca dejaba de hacerlo, no podía ser real, aunque se lo pareciera.

¿Dónde estaba Rose? Se levantó, se puso un chándal viejo y, después de mirar en el cuarto de baño, comenzó a buscarla por el piso. No había rastro de ella ni tampoco señales de que hubiera usado el servicio.

¿Dónde demonios estaba?

Se había ido. Otra vez.

Zac se sintió abatido, una sensación nueva en alguien que siempre dejaba a las mujeres. El apartamento estaba impecable. ¿Estaba tan desesperado por lograr una relación que fuera verdadera que lo había soñado?

Volvió al dormitorio sin saber lo que buscaba y vio la sangre de Rose en las sábanas.

Así que todo había sido real. Ella era real.

No le gustaba que hubiera vuelto a escaparse. Lo desequilibraba.

Se acercó a la ventana y miró la ciudad. En algún lugar estaría ella. La buscaría y, cuando la hallara, vería que no era un ser misterioso y etéreo. Y una vez saciado de ella, se la quitaría de la cabeza, como a las demás mujeres con las que se había acostado.

A pesar de sus esfuerzos, Zac no encontró a Rose. Habían pasado ya cuatro meses y su cuerpo seguía deseándola. Solo a ella. Las demás mujeres lo dejaban frío.

Lo ponía furioso porque le recordaba las consecuencias de la pasión que había habido entre sus padres, que, al final, los había conducido a la destrucción y a él lo había abocado a una vida de secretos y mentiras en una celda de oro, con dos personas severas que no lo querían.

Llamaron a la puerta del despacho.

–¿Sí?

Su ayudante entró con aspecto sombrío.

–La tenemos, Zac, pero creo que no va a gustarte.

Zac frunció el ceño.

–¿A qué te refieres?

El joven dejó en el escritorio uno de los periódicos más populares de Nueva York. En la portada se leía:

A una criada de Manhattan le toca el gordo al quedarse embarazada del hijo de los Lyndon-Holt.

Bajo el titular había una foto de Rose O'Malley, no Murphy, con los ojos desorbitados y expresión de sentirse acosada.

Zac analizó la situación mientras se le contraía el estómago. Una palabra explotó en su cabeza: «Imbécil, imbécil, imbécil...».

Tenía razón al pensar que mujeres como ella no existían; era evidente que así era. Leyó el artículo por encima y se enteró de que Rose había trabajado de criada para su abuela. Zac pensó que debería haber reconocido la obra de su abuela, aunque hubiera contado con la ayuda de una voluntariosa cómplice.

No levantó la vista del periódico. Tenía miedo de romperse en pedazos si se movía. Se limitó a decir en un tono reposado que desmentía su creciente furia:

–Búscala y tráemela. Ya.

Rose estaba sentada en la parte trasera de un coche conducido por un chófer. Cruzaban el puente de la isla de Manhattan. No había tenido más remedio que montarse cuando un hombre taciturno se había presentado en su casa y le había dicho que estaba allí para llevarla a ver al señor Valenti.

Ella sabía que aquel encuentro era inevitable. Lo había sabido desde que le confirmaron, dos meses antes, que estaba embarazada.

Y, siendo sincera consigo misma, lo había sabido mucho antes, ya que, aquella noche, habían vuelto a hacer el amor en un momento en que no estaban totalmente dormidos ni completamente despiertos.

Al despertarse al amanecer, intentó convencerse de que había sido un sueño.

Y, a pesar de que estaba aterrorizada al pensar en las posibles consecuencias, había tenido la sensación de que debía aceptar y proteger a ese niño no nacido, incluso antes de que le faltara la primera regla y sus temores se confirmaran.

Había necesitado recurrir a todo su valor para acudir a que le confirmaran el embarazo, ya que tenía el presentimiento de que, en cuanto alguien lo supiera, su futuro hijo correría peligro.

En ningún momento se le había ocurrido ir a contárselo a la señora Lyndon-Holt. Lo único en lo que había pensado era en cómo se lo diría a Zac. Ni se le había pasado por la cabeza que ya dispusiera de un medio de salvar a su padre, porque no se soportaría a sí misma si utilizaba a su hijo como moneda de cambio, ni su padre querría que lo hiciera.

Sin embargo, no tenía que haberse preocupado por ir o no ir a ver a la señora Lyndon-Holt, ya que esta no iba a dejarla escapar.

En la parte trasera de una limusina, aparcada en una tranquila calle de Queens, la señora Lyndon-Holt le había enseñado una serie de fotos en las que se veía Zac y a Rose saliendo del edificio después de su segundo encuentro; a ella en la boca de metro antes de decidirse a quedarse con él; y a ella saliendo del piso de Zac al amanecer con aire de tristeza, ya que creía que no volvería a verlo. Y a partir de entonces, cada uno de sus movimientos había quedado registrado. La señora había esperado a que pasaran los primeros meses de embarazo, los más peligrosos, para caer sobre ella.

Cuando Rose había intentado salir del coche, la mujer la había agarrado con fuerza.

–¿Acaso te has olvidado de tu paga?

–No deseo nada de usted.

–Tal vez sea así, pero a tu padre le vendría bien una ayuda, ¿verdad? ¿O vas a dejarlo morir sabiendo que podrías haberlo salvado, de no ser por tu obstinado orgullo? ¿Debo recordarte que has firmado un acuerdo de confidencialidad? Eso implica que no puedes hablarle a nadie de nuestro plan. Y no te creas que a mi hijo le va a hacer ninguna gracia la noticia. Ya se sabe que no quiere tener hijos. Así que, Rose, soy el único apoyo con el que cuentas. Solo tengo que hacer una llamada y tu padre morirá de viejo.

La señora Lyndon-Holt tenía razón. ¿Cómo iba a seguir viviendo si sabía que había negado a su padre la posibilidad de curarse?

Estaba atrapada.

Se trasladó al padre de Rose a una clínica para prepararlo para la carísima operación que se realizaría dos semanas después. El hombre había creído lo que le explicó Rose: que la señora Lyndon-Holt se había sentido caritativa con su antiguo empleado.

Mientras el coche cruzaba el puente, Rose miró por la ventanilla. Estaba dispuesta a pasar por aquello.

Había sido increíblemente egoísta al creer que podía apropiarse de algo que no le correspondía, una noche con Zac Valenti, y debía hacer frente a las consecuencias. Y si su padre era quien iba a beneficiarse, habría valido la pena.

Por eso y por la nueva vida que crecía en su interior, una vida que no lamentaba haber creado. Le daba igual que su hijo heredara o no una inmensa fortuna, ya que ella no había esperado beneficiarse personalmente del acuerdo con la señora Lyndon-Holt.

Dedicaría su vida a proteger a su hijo de todo mal y se juró que no sufriría a causa del comportamiento de su madre.

El edificio de Zac apareció a lo lejos. Rose se estremeció.

Al ir a marcharse después de la noche pasada con Zac, mientras él seguía durmiendo, lo había mirado por última vez, tumbado como un dios caído.

Había sido desgarrador dejar de mirarlo, sabiendo que no volvería a verlo y que conservaría en la memoria esa noche como un valioso secreto.

Pero ya había dejado de ser un secreto, y no podía culpar a nadie salvo a sí misma.

A Rose le pareció que no había tardado ni un segundo en subir al despacho de Zac. Pero sabía que el tiempo se aceleraba cuando uno menos lo deseaba.

Una mujer elegantemente vestida le abrió la puerta para que entrara en un amplio despacho.

Lo vio inmediatamente, lo que la hizo tropezar en el umbral. Zac estaba sentado tras un sólido escritorio de madera. Ella apenas oyó la puerta cerrarse. El mobiliario era grande, imponente. Y él también lo parecía, más de lo que recordaba, a pesar de estar sentado.

Llevaba una camisa blanca abierta en el cuello. No se había afeitado y estaba despeinado.

Zac se levantó, apoyó las manos en el escritorio y se inclinó levemente. Sus ojos azules la examinaron de arriba abajo.

—¿Cree que volverá a engañarme con otro atuendo recatado, señorita, o señora, O'Malley?

Rose se sintió culpable y muy desgraciada. Por supuesto que él ya sabía su verdadero apellido. La camisa blanca y los pantalones negros que se ponía para trabajar en un restaurante de Queens, uno de sus tres empleos, la cohibían. Llevaba el pelo recogido en una coleta e iba sin maquillar.

Apretó el bolso con más fuerza con las manos, frente a su vientre.

—No pretendo engañar a nadie.

Le salió una voz fuerte y decidida. No estaba dispuesta a dejar que él se diera cuenta de lo difícil que le resultaba aquello. Lo único que quería era disculparse y darle una explicación. Sin embargo, no podía explicarle nada, y hacía tiempo que había perdido la oportunidad de disculparse.

Zac rodeó el escritorio, y las hormonas en estado latente de Rose se avivaron y espabilaron, a pesar de la actitud agresiva de él. Zac se apoyó en el escritorio y cruzó las piernas y los brazos.

A ella le pareció un completo desconocido, alguien

que no tenía nada que ver con el seductor que la había cautivado.

–Me pica la curiosidad –dijo él–. ¿Qué cobra una prostituta virginal en la actualidad? Eso suponiendo que de verdad fueras virgen. Si no lo eras, lo de la sangre fue un detalle muy ingenioso.

Sus palabras desgarraron el corazón de Rose.

–Las cosas no fueron así.

Él se incorporó y afirmó en tono glacial:

–Así es precisamente como fueron.

Rose se sentía mortalmente herida. Y eso que estaba segura de que él aún no había comenzado a atacarla de verdad.

–No soy prostituta.

Zac la miró con desprecio.

–Lo que es seguro es que no eres una humilde e invisible criada. ¿Esperas que me crea que las dos veces que nos vimos fue por causalidad, para que luego te desvanecieras y reaparecieras de repente meses después afirmando que estabas embarazada de mí?

Rose fue a decirle que el bebé era suyo, pero él no había terminado de hablar.

–Parece que has olvidado que la casa en la que trabajas es la de mi familia.

Ella intentó corregirle, ya que había dejado de trabajar allí, pero él siguió hablando con frialdad.

–Tengo que reconocer que eres ingeniosa al haber utilizado uno de los trucos más antiguos: ser dulce como la miel.

Se le acercó y se detuvo frente a ella.

–Pero esa miel me ha sabido amarga.

Ella lo interrumpió antes de que siguiera hablando.

—Llevo cuatro meses sin trabajar allí. Y las cosas no son así, te lo juro.

Zac la miró con tanto desdén que ella se calló. Él comenzó a andar a su alrededor, como un tiburón. Se situó detrás de ella y le dijo:

—Da igual que trabajes allí o no. Dime, ¿te han dado una prima por quedarte embarazada?

Ella se negó a volverse y dijo, muy tensa:

—Las cosas no son así.

Zac lanzó un bufido.

—Suponiendo que estés embarazada y que sea mío, diría que todavía estás en nómina, por lo que, esencialmente, se trata de una transacción que muchos calificarían de...

—¡Ya basta! —exclamó ella con voz dura.

Zac se puso frente a ella.

—Hay que ver cómo te defiendes.

Bajó la vista hasta su vientre, que ocultaba el bolso.

—Estoy embarazada de ti y era una criada. No digo que nuestros encuentros no estuvieran preparados... —vaciló. Sabía que, por mucho que intentara defenderse, Zac tenía razón.

Pero él no la escuchaba. Retrocedió con los brazos cruzados.

—Aunque me encantaría creer que no lo es, probablemente ese hijo sea mío. Jocelyn Lyndon-Holt está tan obsesionada con la herencia familiar que no dejaría algo tan importante al azar ni correría riesgos.

«Claro que no», pensó ella. Lo sabía muy bien. Sintió náuseas al pensar en la madre de Zac.

—En el momento en que aceptaste dinero por seducirme, cruzaste una línea que millones de mujeres cruzan todos los días en esta ciudad. Y, probablemente, la mayoría sean personas más íntegras que tú.

Rose se esforzó por no agachar la cabeza. Aquello era lo mínimo que se merecía, y lo sabía.

—No quería hacerlo. Me fui la primera noche.

Zac la miró con la incredulidad pintada en el rostro.

—Eso fue un truco para incitarme a buscarte, a desearte.

Rose se dijo que era lógico que lo creyera.

—No volveré a preguntártelo. Dime cuánto te han pagado por darme un hijo cuando no quería ser padre.

Rose no podía contestarle. ¿Cómo iba a decirle que el precio había sido la vida de su padre? No podía incumplir el acuerdo de confidencialidad. Si lo hacía, su padre pagaría las consecuencias. No le importaba lo que le sucediera a ella, pero ya no solo se trataba de ella.

Frente a la hostilidad de Zac, lo único que podía hacer era aferrarse a la idea de que lo había hecho por su padre y que, por tanto, había merecido la pena. Y debía proteger al bebé inocente que llevaba en su seno, que no se merecía aquel oprobio.

Zac la fulminó con la mirada, exigiéndole en silencio una respuesta.

—No voy a decirte nada.

Zac, a punto de estallar, miró a Rose. Claro que no iba a decirle nada. No querría hacer peligrar la, sin duda, cuantiosa suma que recibiría cuando su hijo tomara su apellido y heredara la fortuna de los Lyndon-Holt.

Estaba a punto de perder el control y no le hacía gracia reconocer que ni siquiera antes, cuando su vida se había partido en dos, se había sentido tan inestable. Se había jurado que no volvería a verse en la situación de estar a merced de secretos y mentiras. Y allí estaba.

Se volvió bruscamente y se dirigió a la ventana. No estaba seguro de lo que había esperado, pero sí de que ella proyectara una imagen distinta de la persona inocente de sus dos encuentros anteriores. Esperaba que pareciera segura de sí misma, orgullosa de lo que había hecho, que se sintiera una triunfadora.

Pero no parecía nada de eso. Se limitaba a mirarlo con sus grandes ojos, en los que había un destello de burla porque él hubiera sido tan débil y hubiera creído en ella.

Y aunque su virginidad hubiera sido cierta, todo lo demás había sido pura mentira.

Recordó cómo había intentado convencerla de que se quedara con él y cómo lo había mirado con expresión atormentada, como si de verdad estuviera luchando con su conciencia. Y, después, había huido para reaparecer a la semana siguiente. ¡Qué estúpido había sido al creer que se trataba de una coincidencia!

Por mucho que Zac deseara extirparla de su vida, no podía hacerlo. Estaba embarazada. Había observado la leve hinchazón de su vientre, que ella trataba de ocultar tras el bolso. Además, en cuanto había visto su foto en el periódico, la libido se le había disparado.

Embarazada... Todavía estaba en estado de shock, tratando de aceptar que lo más probable era que él

fuera el padre. Nunca se había planteado la paternidad, ya que estaba empeñado en que el apellido Lyn-
don–Holt desapareciera con su abuela.

Sin embargo, sabía que, aunque culpara a Rose y a
su abuela, el único culpable era él por haber sido débil. Había bajado la guardia en cuanto vio la esbelta
espalda desnuda de Rose, su belleza sin adornos. Y
aunque había habido momentos en que le habían asal-
tado dudas, no había hecho caso debido a que estaba
en celo, como un animal.

Suponía que todo lo que le había sucedido con su
familia lo había colocado en una posición de ventaja
frente a los demás, pero no había aprendido nada.

Había sucumbido al encanto de aquella mujer, que
había aprovechado las horas más oscuras de la noche
para exprimirlo con su cuerpo. Y él no se había dado
cuenta de que no era un sueño porque nunca había
sentido nada igual.

No había sido un sueño, pero era una pesadilla. Y
su debilidad implicaba que todo lo que había hecho
para vengar a quienes le habían dado la vida había
sido en vano.

De pronto, se le ocurrió una idea, una posibilidad
que le permitiría quedar vencedor. Su furia comenzó
a disminuir. Había un modo de dar la vuelta a la situación, frustrar los planes de su abuela y vengar a sus
padres.

Lo que heredaría su hijo sería el apellido del padre
de Zac: Valenti.

Se volvió hacia Rose. Se fijó en que había perdido
peso y parecía aún más etérea y delicada. Contra su
voluntad, se sintió conmovido.

Debía centrarse, recordar quién era ella y lo que había hecho.

–Siéntate –le ordenó. Ella no se movió, por lo que le acercó una silla. Estaba más pálida que antes–. Siéntate antes de que te caigas al suelo.

Le sirvió un vaso de agua casi sin darse cuenta. Se lo tendió y ella lo miró mientras bebía. Sus mejillas recobraron algo de color.

Él volvió a sentarse frente al escritorio, se aflojó la corbata y se desabotonó el primer botón de la camisa. Había llegado el momento de evaluar con precisión a lo que se enfrentaba.

–Supongo que has firmado un contrato.

Ella tomó otro trago de agua. Cuando volvió a mirarlo se puso derecha, como si se preparara para la batalla.

–¿Y bien? –insistió él impaciente.

Ella tragó saliva, lo cual hizo que él le mirara la garganta y recordara que se la había recorrido con la lengua. Y, de pronto, a la irritación se le unió una oleada de deseo tan intensa que se alegró de estar sentado.

Se odió por sentir aquel deseo. Le resultaba increíble que, después de haberlo traicionado como lo había hecho, a su libido le diera igual. Lo único que sentía era una total y absoluta necesidad de Rose, con independencia de quién fuera o de lo que hubiera hecho. Era horrible que su propio cuerpo perpetuara la traición.

–No puedo decirte nada –respondió ella.

La furia volvió a apoderarse de él. Se levantó y se alejó del escritorio y de ella. Eran pocos los que se atrevían a enfrentársele. Y casi estuvo a punto de respetarla por eso.

–¿Cómo que no puedes? Dirás que no quieres.

El asco que le producía su complicidad con su abuela lo hizo darse cuenta de que tenía que comenzar a controlar la situación.

Como si ella se diera cuenta de lo que se avecinaba, le preguntó:

–¿Por qué me miras así?

La voz le tembló un poco, pero Zac se dijo que era miedo porque sabía que no iba a vencerlo.

–Voy a aceptar la responsabilidad de mis actos. Y voy a hacerlo ahora mismo.

–¿A qué te refieres?

–Me refiero, mi dulce y venenosa Rose, a que voy a limitar los daños y te vas a venir conmigo.

Rose se levantó con el vaso de agua en al mano. El bolso cayó al suelo

–¿De qué hablas?

–De que voy a hacer todo lo que esté en mi poder para asegurarme de que el bebé no reciba el legado de los Lyndon-Holt.

Vio que ella volvía a palidecer, seguro que porque su paga peligraba.

–Pero no puedes hacer eso. Soy yo la madre y tengo derecho a decidir lo que quiera sobre mi bebé.

Era suyo también. Iba a ser padre. Comenzaba a parecerle real.

Sintió algo intenso y completamente desconocido: se sintió protector, capaz de ofrecer protección. Y dicho sentimiento aumento su determinación.

–También es mío, ¿acaso lo has olvidado? Escúchame bien, ese niño será un Valenti. Y haré lo que esté en mi mano para que así sea.

Vio una expresión de pánico en los ojos de Rose al tiempo que apretaba la mano en torno al vaso. Se acercó a ella, sin darse cuenta, y le quitó el vaso, enfadado consigo mismo por su reacción.

Cuando observó lo pálida que estaba tuvo que contenerse para no tranquilizarla. Tenía que recordar quién era, una mercenaria que se había quedado embarazada a cambio de dinero.

Capítulo 6

ESCÚCHAME bien, ese niño será un Valenti».
Rose se sentía mareada. No era eso lo que había esperado. Estaba segura de que Zac se mos-
traría furioso y agresivo, pero que, después, la echaría
a patadas del despacho diciéndole que no quería volver a verla ni saber nada del bebé.

Sin embargo, ¿no le había dicho que quería a ese
niño? Su reacción inicial fue de pánico, ya que, si la
señora Lyndon-Holt pensaba que estaba incumpliendo
el contrato, sacaría a su padre de la clínica inmediatamente.

Pero, además del pánico, experimentó una inquie-
tante sensación de alivio porque Zac no rechazara al
niño. Y eso la conmovió porque no se había permitido
imaginar que quisiera reconocer al bebé.

De pronto, Zac se puso a su lado, y su olor le impidió
entender lo que le decía. No podía pensar con claridad,
y retrocedió como si ganar espacio fuera a ayudarla.

Zac, que desconocía las razones reales de su confusión, le dijo en tono de burla:

–No te preocupes. Gracias a lo que llevas dentro, te
has asegurado un cómodo futuro, pase lo que pase.
Pero yo controlaré la situación de ahora en adelante.

–¿Qué quieres decir?

–Esto ya está en todos los medios de comunicación, y hasta que sepa a qué me enfrento, vas a estar donde pueda verte. No te voy a perder de vista ni un minuto. Hoy mismo te trasladarás a mi casa.

–¡Pero eso es ridículo! –farfulló ella–. No puedo irme. Tengo varios empleos y vivo en Queens.

Zac negó con la cabeza.

–Ya no. Donde yo vaya, irás tú.

–No estamos en la Edad Media. No puedes obligarme a hacerlo. Sería un secuestro.

Él la miró con frialdad.

–No será un secuestro ni mucho menos, cariño. Estás subiendo en la escala social, que era lo que pretendías cuando entraste en aquel salón con la intención de seducirme.

Unas horas después, Rose estaba frente a una de las ventanas del piso de Zac contemplando la vista. Se dio cuenta de que ya la había visto a todas las horas del día: mañana, tarde y noche.

Antes le había parecido una vista privilegiada del mundo, pero se había convertido en una cárcel.

No había salido huyendo del despacho de Zac porque sabía que la encontraría y la llevaría de vuelta. Además, ella tampoco quería perderlo de vista.

Temía que hiciera algo que impidiera que su padre siguiera recibiendo atención médica. No podía arriesgarse hasta que no lo hubieran operado.

Se reprochó haberse interpuesto en una pelea entre Zac y su madre. Trató de recuperar el control de lo que sucedía. ¡Cómo si alguna vez lo hubiera tenido!

–¿Estás buscando el modo de salir de este aprieto?

Se puso tensa al oír la voz de Zac y se sorprendió de que un hombre tan grande se moviera tan silenciosamente. No lo miró cuando se puso a su lado. Tenía miedo de que viera lo vulnerable que se sentía.

–Me parece que no tengo más remedio que quedarme.

La velocidad a la que Zac se había hecho con el control de su vida no debería haberla sorprendido. Tenía la impresión de que la crueldad de la madre sería insignificante en comparación con la del hijo.

–No, no tienes más remedio.

Rose lo miró durante unos segundos, suficientes para admirar su masculina belleza. Tragó saliva.

–Eso parece.

Él se había apoyado en la ventana, con los brazos cruzados, como aquella tarde. La sensación de *déjà vu* fue instantánea y la devolvió a unos momentos en que temblaba imaginando lo que sucedería.

–¿Por qué lo hiciste, Rose?

Sus palabras la sorprendieron entre el presente y el pasado. Lo miró, confundida.

–¿Por qué hice el qué?

–Lo sabes perfectamente –dirigió la vista al vientre de ella. Y el presente volvió a instalarse en la mente de Rose–. ¿Se te ocurrió al oír hablar a otras personas del servicio? ¿Te imaginaste que me sentiría atraído por ti? ¿Por eso fuiste a ver a tu jefa con el audaz plan de quedarte embarazada de mí y procurarte, al mismo tiempo, una vida llena de lujos?

Rose sintió náuseas.

–Te he dicho que las cosas no fueron así.

Zac pareció considerarlo durante unos segundos.

–Puede que no. No me sorprendería que hubiera sido idea de ella, una idea de la que decidiste sacar provecho...

–Basta –Rose se enfrentó a él–. Ya te he dicho que no puedo contártelo. Además, éramos dos. Te dije que utilizaras protección.

Zac apretó los labios y se separó del cristal.

–No pienses que no asumo la responsabilidad de mis actos. Sé perfectamente que, la segunda vez, hicimos el amor sin protección, por lo que me atendré a las consecuencias.

Rose se llevó la mano al vientre.

–Este niño no es una consecuencia.

Zac la miró con desdén.

–¿Me estás diciendo que, para ti, es algo más que un medio para conseguir un fin? No insultes mi inteligencia.

A Rose se le volvió todo borroso a causa de la ira.

–Este niño no es solo un medio para conseguir un fin –de pronto, algo saltó en su interior, algo que había estado reprimiendo y, sin poder contenerse, le espetó–: La noche en que nos conocimos te comportaste como si aquello significara algo para ti, como si no estuvieras acostumbrado.

Zac la miro con expresión impenetrable. Rose se maldijo por habérselo dicho, pero ya era tarde. Él se le acercó tanto que tuvo que echar la cabeza hacia atrás para mirarlo.

–Claro que significo algo –afirmó él en voz baja.

El corazón de Rose dio un vuelco. Él le recorrió la mandíbula con el dedo rozándosela apenas. Ella sintió un cosquilleo en todo el cuerpo. El pasado volvía con fuerza...

–¿Quieres saber lo que significó?

Rose asintió, aunque sabía que no debía hacerlo. Su respuesta no sería agradable.

–Significó que despertaste mi interés, que era precisamente lo que pretendías. Que hubiera una increíble química entre nosotros, solo te facilitó la tarea.

Rose intentó protestar de nuevo, pero él se lo impidió poniéndole el pulgar en los labios.

¿Cuándo se le había acercado tanto que su cuerpo la estaba rozando? Rose no podía pensar con claridad. Él le acarició los labios con el pulgar al tiempo que se los miraba.

–¿Sabes lo que significó también?

Ella no se movió.

–Significó esto.

Antes de que ella pudiera reaccionar, él la atrajo hacia sí rodeándole la cintura con el brazo y la besó en la boca. Cuatro meses de deseo estallaron en el interior de Rose y, sin dudarlo ni un segundo, le respondió como si el pasado y el presente se hubieran fundido y solo existiera aquella gozosa sensación de estar donde debía.

Zac sabía que su intención al besar a Rose era exclusivamente hacerle una demostración de lo que había significado para él que se conocieran. Cuando ella se lo había preguntado, se había puesto furioso porque creyó que seguía jugando con él.

Pero en cuanto su boca tocó la de ella, en cuanto su

cuerpo entró en contacto con sus curvas, sus motivos se difuminaron y su libido se despertó en busca de placer y satisfacción.

Rose lo abrazó por el cuello y acercó más su pecho al de él. ¿Le habían crecido los senos? Quiso agarrarle uno para comprobar su peso y firmeza, para lo cual le deslizó la mano por la cadera y la cintura. La prueba de que había engordado lo hizo detenerse, no porque su deseo hubiera disminuido, al contrario, sino porque se había propuesto dar una lección a Rose, pero estaba a punto de volver a perder el control.

Zac se separó de Rose con brusquedad. Ella abrió los ojos y lo miró, aturdida. Él había retrocedido unos pasos y la contemplaba con absoluta frialdad, sin un cabello fuera de su sitio. Rose se reprochó haber sido tan estúpida.

Se abrazó a sí misma. Jadeaba y tenía los pezones endurecidos, prueba irrefutable de su debilidad.

–¿A qué ha venido eso? –su voz, al menos, sonó más serena de lo que ella estaba.

–Me has preguntado qué había significado para mí la noche en que nos conocimos y nuestro encuentro posterior. Significó, simplemente, que hubo química entre nosotros, que quería llevarte a la cama y que, aunque desconocía tus propósitos, el resultado final hubiera sido el mismo.

–¿El resultado final? –repitió ella.

–Sí. El resultado final es que ninguna mujer va a formar parte de mi vida, ni siquiera las que se hacen de rogar ni las que se quedan embarazadas para ganar una fortuna a mis expensas.

Sonrió mientras ella asimilaba sus palabras.

—Reconozco que se te da muy bien hacerte la inocente. Tal vez hayas estado ensayando. Puede que el bebé no sea mío, pero no vas a ir a ninguna parte hasta que no esté seguro. Y si se confirma mi paternidad, el niño será un Valenti. Nada en el mundo podrá impedirlo. El niño no sufrirá por tu traición y tu codicia. Estará bajo mi protección, y negociarás conmigo tu relación con él.

Ante aquellas duras palabras, el miedo se apoderó de Rose. Se sentó en el sofá, que estaba justo detrás de ella.

Intentó tranquilizarse. Zac no haría eso, no podría hacerlo. Pero al mirar su rostro duro y sus ojos llenos de repugnancia, supo que lo haría.

Zac Valenti ya había demostrado lo que hacía a quien se le oponía: lo apartaba de su vida.

Había plantado a su prometida al pie del altar, sometiéndola a la humillación pública. Y esa mujer no lo había traicionado. Rose sabía que a ella le haría mucho más daño.

No sería capaz de soportar más palabras dolorosas ni que la volviera a besar para demostrarle que no sentía nada por ella.

Tal vez fuera mejor así. Tal vez fuera mejor para ella haber descubierto la indiferencia de Zac y que no hubiera adivinado lo mucho que significaba para ella haber perdido la virginidad con él.

Se levantó.

—Si eso es todo, estoy muy cansada y querría acostarme.

–No, no es todo.

Rose lo miró con verdadero odio.

–¿Qué más quieres?

–Tu pasaporte. Hay que pasar por tu casa a recogerlo mañana, de camino al aeropuerto, además de lo que quieras llevarte.

–¿De qué hablas?

–Tengo negocios en Toscana. Estaremos en Italia unos diez días.

Rose intentó protestar, pero él la interrumpió.

–No me discutas. Vienes conmigo.

Ella, con la boca abierta, lo vio darse la vuelta para marcharse, pero, antes de hacerlo, Zac le dijo:

–En la nevera tienes comida que mi ama de llaves ha preparado. Sírvete.

Rose había cerrado la boca, pero le dijo con irritación:

–Me sorprende que me permitas comer. Sin duda sería mejor que dejaras que me consumiera para librarte de mí.

Inmediatamente se arrepintió de su infantil arrebato, pero estaba cansada, tenía hambre y le provocaba claustrofobia pensar que debía quedarse con Zac.

–Me preocupa tu bienestar, como es natural, porque voy a suponer que ese hijo es mío hasta que se demuestre lo contrario. Por eso, verás al mejor ginecólogo de Manhattan en cuanto volvamos de Italia.

La miró de arriba abajo con desdén.

–También pediré que me manden ropa de diseño para ti antes de que nos marchemos.

–Tengo ropa de sobra –protestó ella. No era verdad, además de que su ropa comenzaba a apretarle en la cintura.

–Aunque voy a intentar por todos los medios alejarte de la prensa hasta que la paternidad del bebé se confirme, no puedo garantizarte que su interés vaya a disminuir, pero, mientras tu nombre vaya asociado al mío, tendrás que representar bien el papel.

Cuando se hubo ido, Rose se dejó caer en el sofá. Estaba claro que lo único que preocupaba a Zac era el bebé y el aspecto de ella. Alguien que se relacionaba con modelos no querría descender de categoría.

Pensó en su padre y se dijo que lo llamaría en cuanto fuera a su habitación. Por suerte, no habían hecho planes de verse antes de la operación. Él creía que estaba trabajando y no quería que alterara sus horarios por su culpa.

Se llevó la mano al vientre y cerró los ojos al tiempo que se decía que saldría de aquello. Al fin y al cabo, todo era consecuencia de sus actos, por lo que tendría que aprender a sobrellevarlo.

Zac miró la figura delgada que se recortaba contra la bucólica vista. El crepúsculo de aquel día de verano en Italia era magnífico. Una brisa suave despeinó el cabello de Rose, y Zac tuvo que reconocer a regañadientes que aquel era un marco estupendo para su belleza pálida.

Ella estaba de pie al lado de un muro bajo de piedra que delimitaba el perímetro de la villa en Toscana, cuya vista se extendía a lo largo de kilómetros de verdes y ondulantes colinas.

Rose iba vestida con prendas de las que él había

encargado antes de marcharse de Nueva York. Le sentaban muy bien.

Aunque, al darle la espalda, Zac no podía verle el vientre, ya lo había hecho por primera vez unas horas antes, cuando, en un aeropuerto privado de Nueva York, el viento había pegado la ancha blusa al vientre de Rose mientras se encaminaban hacia el avión.

Ella se había acurrucado en el asiento que había frente al suyo y había mirado con ojos maravillados por la ventanilla como si nunca hubiese visto el mundo desde arriba.

Como ella había continuado haciéndolo después de que el avión alcanzara la velocidad de crucero, le preguntó con irritación:

—¿Es que no habías tomado nunca un avión?

—Sí, pero nunca había salido de Estados Unidos.

Lo había dicho en tono levemente desafiante. Después había vuelto a mirar por la ventanilla y no le había prestado atención durante el resto del vuelo.

Zac sabía que parte de su irritación se debía a no poder manejarla a su antojo. Rose no se comportaba como había esperado, lo cual lo había vuelto receloso.

Respiró hondo y se dijo que no podía estar tramando nada bajo sus narices.

El entorno lo tranquilizó un poco y le recordó lo que era importante. En los años anteriores había estado tan inmerso en separarse de su familia y hacer fortuna que no había considerado lo que deseaba hacer a largo plazo.

Ante la perspectiva de tener un hijo, debía hacerlo, lo cual no estaba mal, ya que se dio cuenta de que era

eso lo que deseaba por encima de todo: que el apellido Valenti sobreviviera y volviera a cobrar fuerza.

Tal vez no hubiera elegido a Rose O'Malley para
ser la madre de su hijo, pero ella le había proporcio-
nado una oportunidad de oro que no iba a dejar escapar, con independencia del plan secreto que hubiera
urdido con su abuela.

Rose sabía que Zac, detrás de ella, la estudiaba. Había tenido unos momentos para explorar el lugar sola,
pero, rápidamente, él había ido a comprobar lo que hacía su molesta «invitada». Durante el vuelo a Italia,
Rose había sido consciente de que él no le quitaba los
ojos de encima, como si esperara que fuera a hacer algo.

La vista que se desplegaba ante sus ojos era mag-
nífica. Su padre le había contado lo verde que era Irlanda, pero aquello parecía más verde que todo lo que
pudiera imaginarse. Se entristeció al pensar las ganas
que tenía su padre de volver a su lugar de origen para
esparcir las cenizas de su esposa. Si la operación no
salía bien, sería algo que ella debería hacer sola.

Apartó esos pensamientos. Su padre estaba en la
clínica, y eso era lo único importante.

Zac había descrito el lugar en que se hallaban como
una villa. A ella le parecía más bien un castillo medieval
con terrazas, patios y un hermoso jardín escondido lleno
de flores. Había incluso una piscina en uno de los patios.

Zac se acercó para situarse a su lado y a ella se le
pusieron los pelos de punta, pero no pudo contenerse
y dijo:

–Es precioso.

–Sí.

Rose lo miró. Mientras ella exploraba la vivienda, él se había quitado el traje que llevaba en el avión y se había puesto unos vaqueros descoloridos y un polo de manga larga, que se había arremangado.

Él se volvió para marcharse al tiempo que le decía:

–Maria ha preparado una cena ligera. Cenaremos en la terraza. Es por aquí.

Rose se distrajo momentáneamente mirándole el prieto trasero, que desapareció de su vista antes de que ella echara a andar.

En la terraza a la que él la condujo, había una mesa con un mantel de lino blanco, un jarroncito con flores y unas velas. Una corpulenta mujer de rostro sonriente la tomó del brazo y la llevó a la mesa mientras chapurreaba en inglés.

Rose ya la conocía. Era Maria, el ama de llaves. Irradiaba afecto maternal, y a Rose se le saltaron las lágrimas porque le recordó a su madre. Zac había hablado con ella en lo que le pareció un italiano fluido.

Él estaba sentado a la mesa y había agarrado la servilleta para ponérsela en el regazo. Después tomó una rebanada de pan y le echó aceite. Parecía distante. Cuando ella se hubo sentado, le dijo:

–No te sientas obligado a ser educado y a cenar conmigo. No me importa cenar en la cocina con Maria.

Rose estaba segura de que la mujer sería una compañía más agradable y menos desestabilizadora.

–No te comportes como una mártir –dijo él–. No te favorece. Y no voy a decirle a Maria que sirva la cena en dos sitios distintos solo para que te sientas más cómoda.

Rose lo fulminó con la mirada.

—No es justo. No es mi intención hacerla trabajar más.

Maria apareció con unos entremeses y sonrió a Zac como una madre afectuosa.

Él le sonrió a su vez. Rose se quedó sin aliento al contemplar la transformación de su rostro. Casi había olvidado cómo era su seductora mirada de aprobación, y se sintió momentáneamente conmovida.

Pero en cuanto Maria se hubo marchado, la sonrisa de Zac se esfumó y él se puso a comer.

Al ver el plato de ella vacío, le preguntó:

—¿No comes nada?

Ella se sirvió un poco de fiambre y ensalada. No iba a consentir que él le quitara las ganas de comer, ya que no era bueno para le bebé ni para ella. Cuando hubo probado la deliciosa comida, recuperó el apetito.

Mientras se hacía de noche, se dio cuenta de que se estaba relajando. Los pájaros cantaban, el cielo parecía de terciopelo rojo y el aire era tibio y fragante.

Resultaba idílico. Se hallaban a millones de kilómetros de Nueva York y de la ajetreada vida de Zac. Pero, al mirarlo, Rose pensó que parecía haber nacido allí, que era un verdadero italiano. Por primera vez se preguntó la causa de la ruptura con su familia.

—¿Qué negocios tienes aquí, en Italia?

Zac dejó la taza de café en la mesa. Al cabo de unos segundos, le respondió de mala gana:

—Una mina cercana. Estaba abandonada, pero la hemos explorado y hemos hallado una veta de mineral de hierro.

Ella frunció el ceño.

–No sabía que también te dedicaras a la industria. Creía que solo a las finanzas, a los hoteles y las discotecas.

–Hay muchas cosas que no sabes de mí, Rose.

Estaba en lo cierto. ¿Qué sabía de él?

Zac se levantó de la mesa. Era evidente que la tensa cena había concluido.

–Tengo que hacer unas llamadas. Acuéstate pronto, pareces cansada.

Estaba a punto de marcharse cuando ella apuntó en tono ligero:

–Supongo que, en los próximos diez días, no me perderás de vista, pero preferirás que no hable.

Él se volvió, repentinamente tenso.

–No te preocupes. No me olvidaré de que estás aquí.

Entró en la villa y ella se desinfló como un globo, al expulsar toda la tensión de su cuerpo. Odiaba estar en constante estado de alerta cuando se hallaba con Zac, cuando este apenas la soportaba.

Si sus dos encuentros no hubieran sido tan mágicos... Si no se hubiera visto tentada a aceptar lo que él le ofrecía convenciéndose de que obraba bien...

Negó con la cabeza. Debía apartar de sí esos pensamientos.

No se arrepentía de nada.

Se llevó la mano al vientre y respiró hondo al tiempo que luchaba contra la sensación de soledad que la acechaba. Ella sola se había metido en aquella situación y debía sacar el mayor partido posible de esta.

Capítulo 7

DURANTE tres días, el tiempo transcurrió para Rose de manera casi agradable. Después de la primera noche estaba exhausta, por lo que pasó la mayor parte del tiempo durmiendo. Dormía largas siestas cuando más calor hacía.

El día anterior, Maria la había llevado de compras al pueblo, y a Rose le habían encantado el mercado y las tiendas de los artesanos.

Zac iba y venía de la villa, a veces en helicóptero, y no había vuelto a comer ni a cenar con ella, que se había acostumbrado a hacerlo sola al tiempo que se decía que no le importaba. Al fin y al cabo, se hallaba en un lugar maravilloso y la atendían y servían como a una princesa.

Ese día había ido a la piscina y estaba tumbada después de haber nadado un buen rato. Intentaba concentrarse en un libro que había tomado de la biblioteca.

La decoración de la casa no se asemejaba en nada a la sobria decoración del piso de Zac en Nueva York. Se asemejaba más un hogar. Rose se imaginaba a una familia en ella, con niños persiguiéndose por el jardín.

Dejó el libro y cerró los ojos con una sonrisa inconsciente en los labios.

Zac se hallaba inmóvil a la sombra de un árbol, cerca de la piscina. Rose estaba tumbada en una hamaca, en biquini. Era una prenda muy decente, pero devoró con los ojos sus delgados miembros y sus senos llenos como si no hubiera visto nunca a una mujer semidesnuda.

Se excitó instantáneamente y le disgustó su reacción. Ella ni siquiera intentaba parecer sexy. Tenía una mano sobre el vientre y él experimentó un impulso incontenible de acercarse y ponerle la mano allí. ¿Tendría el vientre firme? ¿Se sentiría ya patalear al bebé?

Le miró el rostro y vio que sonreía. Se sentía algo culpable por haberla dejado sola los tres días anteriores, lo cual era ridículo. Ella no era su amante ni él debía hacerle compañía. Estaba allí para que pudiera vigilarla.

Maria, a la que era evidente que Rose le caía muy bien, pensó que era su deber darle una explicación detallada de todos sus movimientos, por lo que sabía que había dormido mucho y que habían ido al mercado.

Y allí estaba ella, con una enigmática sonrisa en los labios.

De repente se dio cuenta de que estaba celoso de esa sonrisa, de lo que la estuviera provocando.

Rechazó la idea. ¿Por qué no iba ella a sonreír? Le había tocado el gordo: iba a tener un hijo de él y nada le faltaría el resto de su vida.

Pero, en aquel momento, no parecía una astuta manipuladora, sino el ser etéreo que tanto lo había atraído al conocerla. ¡Maldita fuera!

Como si hubiera oído sus pensamientos, Rose volvió la cabeza y abrió los ojos. La sonrisa se le borró inmediatamente y se incorporó en la hamaca con las mejillas arreboladas.

–No te he oído llegar.

Zac, sintiéndose como un mirón, salió de las sombras y vio que ella agarraba un corto albornoz, que se puso a toda prisa.

–No hay nada que no haya visto antes.

Ella se ruborizó aún más. ¿Cómo era posible que siguiera irradiando tanta inocencia cuando su traición estaba más clara que la luz del día? Y eso no debería excitarlo.

Decidió someterla a una prueba.

–Voy a la mina a ver cómo van las cosas. Puedes acompañarme, si quieres.

Lamentó aquel impulso en cuanto hubo hablado. La mina no era lugar para una mujer, mucho menos si estaba embarazada. Pero ella lo estaba mirando con los ojos como platos, y no se atrevió a retirar la invitación.

–¿En serio?

Era la última respuesta que Zac se esperaba. La mayoría de las mujeres que conocía saldría corriendo ante todo lo que pudiera parecer aburrido o relacionado con el trabajo, pero ella parecía entusiasmada. Le volvió a remorder la conciencia por haberla dejado sola.

Intentó hacerla cambiar de idea.

–No es nada emocionante. Es un sitio sucio y polvoriento.

–No me importa, pero no quiero causarte molestias.

–No me las causarás.

Ella se levantó.

–Voy a cambiarme.

–Ponte algo práctico, como unos vaqueros y una camisa de manga larga.

Mientras esperaba a que volviera, Zac se dio cuenta de que estaba algo entusiasmado. Trató de contenerse diciéndose que no se debía a que ella fuera a acompañarlo, que solo quería ponerla a prueba para ver cuánto tiempo aguantaba fingiendo interés. Era indudable que estaba aprovechando la oportunidad de congraciarse con él.

Cuando Rose reapareció unos minutos después, con vaqueros, camisa, el pelo recogido en una cola de caballo y una expresión ansiosa, y le preguntó: «¿Estoy bien así?», Zac ya no estuvo seguro de nada, salvo del deseo que se había vuelto a apoderar de él.

–Sí, estás bien –contestó–. Iremos en el todoterreno.

Rose se sentó en el asiento del copiloto y se puso el cinturón. La había animado que Zac le hubiera pedido que lo acompañara. Esperaba que no le hubiera parecido un perrito ansioso de recibir afecto.

Zac conducía con la misma seguridad que demostraba en todo lo que hacía.

–Me parece increíble que haya minas por aquí. Es una pena destrozar este paisaje.

–Creo que a la población no le preocupan unos cuantos destrozos a cambio de los beneficios que supone tener una industria local.

Ella se puso colorada.

–Bueno, claro, no quería decir que...

–Sé lo que querías decir y estoy de acuerdo. Me parece un sacrilegio estropear las vistas. Esta es una de las pocas minas que siguen funcionando. La mayor parte de las vetas se ha agotado. Y es raro encontrar nuevas.

La miró, pero ella siguió mirando al frente, consciente de que las hostilidades parecían haber cesado. No quería decir nada que lo incomodara.

–¿Cómo te encuentras? Me refiero al embarazo. No hemos hablado de ello. ¿Tienes náuseas?

Ella lo miró tratando de ocultar su sorpresa y se llevó la mano al vientre.

–Por suerte, estoy bien. Solo tuve náuseas los dos primeros meses. De vez en cuando, un olor fuerte me las provoca. En mi última visita, la doctora me dijo que todo iba bien, pero tendré que hacerme una ecografía a las veinte semanas del embarazo.

–Me he puesto en contacto con un ginecólogo local por si lo necesitas. Y al hospital de Siena se llega rápidamente en helicóptero.

Ella se sintió conmovida hasta que se dio cuenta de que no se preocupaba de ella, sino de su futuro heredero, igual que su madre.

Seguía sin saber lo que había provocado la ruptura entre ambos. Recordó algo que había observado en el pueblo el día anterior, pero no quiso presionar a Zac haciéndole preguntas de carácter personal.

–Gracias, me tranquiliza saberlo, pero espero no necesitarlo.

El resto del viaje transcurrió en un cómodo silencio. Poco a poco, las colinas fueron perdiendo el verdor y apareciendo más desnudas. Llegaron a una verja y Zac entró al tiempo que saludaba al guardia de seguridad.

Tomaron un sedero lleno de curvas para descender por un profundo barranco donde se veían las entradas a los túneles. A pesar del aspecto inhóspito y desolado del lugar, Rose pensó en la riqueza que se extraería de la tierra.

Desmontaron del todoterreno y él la condujo a un cobertizo, donde le dio un chaleco reflectante, un casco y una mascarilla para taparse la boca.

–Probablemente no sea necesario, pero no quiero correr riesgo alguno.

El bebé, por supuesto.

Rose se puso la mascarilla y salieron. Zac habló con el capataz al tiempo que miraba a su alrededor. Se lo presentó a Rose y ella se bajó la mascarilla para saludarlo. Zac frunció el ceño y se la subió rápidamente. Ella lo fulminó con la mirada, pero la alteró más el roce de sus dedos. Él pareció quedarse paralizado durante unos segundos, antes de apartar la vista de sus ojos.

Echaron a andar. Rose sentía un cosquilleo donde la había rozado y se reprochó su reacción. ¿Y si la volvía a besar? Tropezó al pensarlo, pero él la sostuvo. Ella se soltó de sus brazos sabiendo que debía dejar de fantasear, ya que él no volvería a abrazarla ni a besarla.

Desde ese momento tuvo cuidado de mirar por dónde iba.

Continuaron con su recorrido. A Rose le conmovió que el capataz hablara en inglés para que pudiera entenderlo. Todo el mundo saludaba a Zac con una deferencia más adecuada a un dignatario.

Cuando ella se quedó rezagada mirando la entrada de uno de los túneles con una especie de temerosa fascinación, un hombre se detuvo a esperarla. Le hizo varias preguntas y, después, añadió, con evidente respeto:

—Esta región moría lentamente hasta que el señor Valenti volvió e invirtió en la mina. Sabíamos que podía haber más vetas, pero solo él se preocupó de invertir. Era una enorme apuesta, pero ha valido la pena, y se lo agradecemos.

Alguien llamó al hombre antes de que pudiera seguir hablando. Rose estaba más intrigada que nunca. ¿Por qué había invertido Zac en una mina en Toscana cuando la industria había desaparecido?

Él se le acercó. Incluso con casco estaba guapísimo.

—Ya he terminado. Podemos irnos.

Rose consultó el reloj y vio que habían trascurrido dos horas. Se le había pasado el tiempo volando.

Devolvieron los chalecos y los cascos. Al volver a montarse en el todoterreno, ella dijo:

—Gracias por haberme traído. Me ha gustado mucho la visita.

Zac enarcó una ceja, pero ella no hizo caso de su escepticismo y le preguntó:

—¿Es aquí adonde has venido desde que llegamos?

–Aquí y también a Siena. Voy a abrir un hotel dentro de unos meses.

–¡Vaya! Estás marcando tu territorio.

El móvil de Zac sonó.

–¿Te importa que responda? Es importante.

–En absoluto.

Zac habló en italiano y ella no entendió nada, pero le resultó muy tranquilizador oír su voz profunda, que sonaba melodiosa en aquella lengua extranjera. Se sentía cansada y cerró los ojos diciéndose que solo echaría una cabezadita.

Se despertó al oír llamar a la puerta. Estaba en su cama. Atontada y desorientada, se sentó y dijo, sin saber si estaba soñando:

–Adelante.

El amable rostro de Maria asomó por la puerta.

–El señor Zac está en la terraza. La cena estará lista dentro de diez minutos –dijo el ama de llaves en inglés.

Rose le dio las gracias y Maria se fue. Rose recordó que había cerrado los ojos en el todoterreno diciéndose que descansaría unos minutos, pero debía de haberse dormido profundamente. ¿Cómo había llegado del coche a la cama?

Zac debía de haberla llevado y probablemente pensaría que fingía estar dormida para atraerlo a su habitación.

Se levantó, se cambió de ropa, se lavó la cara para espabilarse, se maquilló un poco y se cepilló el cabello.

Después se preguntó qué hacía y por qué se arreglaba para un hombre que a duras penas soportaba su presencia.

Al llegar a la terraza se dio cuenta de que el vestido que se había puesto se le ajustaba demasiado, sobre todo a los senos, que le habían crecido hasta necesitar una talla más de sujetador.

Zac la vio y se levantó educadamente.

Ella se obligó a sonreírle.

—Lo siento. No quería dormir tan profundamente. Supongo que ha sido como transportar un saco de piedras a la villa.

Zac la miró con un brillo especial en los ojos.

—En absoluto. ¿Estás segura de que te encuentras bien? ¿Es normal dormir así? He estado a punto de llamar al médico.

¿Estaba preocupado por ella?

—No, es normal, según la doctora. En el embarazo, la fatiga te debilita mucho, pero ahora estoy bien.

De hecho, le bullía la sangre y se sentía más viva de lo que había estado desde hacía meses. La doctora también le había dicho, guiñándole el ojo, que podría experimentar un intenso deseo sexual después del primer trimestre. Ni que decir tiene que, por aquel entonces, era lo que menos preocupaba a Rose. Y en aquel momento, frente a Zac, recordó la advertencia. ¡Para lo que le iba a servir...!

Zac le llenó el vaso de agua. Se recostó en la silla, tomó un sorbo de vino y la miró. Por suerte, Maria llegó con el primer plato, lo cual aligeró la tensión. Después volvió, retiró los platos y les sirvió el segundo.

Rose recordó la intensidad con la que él la había mirado esa mañana en la piscina, como si esperase que fuera a hacer algo.

Se avergonzó al recordar que había estado fanta-
seando con una familia que vivía en aquella casa, en
cuyas paredes resonaban risas infantiles. Odiaba que
él la hubiera observado mientras fantaseaba. De pronto,
perdió el apetito. Dejó los cubiertos en la mesa.

–¿Ya no tienes hambre?

Rose se obligó a contestarle educadamente.

–La cocina de Maria es deliciosa, pero creo que no
he comido tanto desde que murió mi madre.

–¿Qué edad tenías cuando murió?

–Catorce años. Estuvo cuatro años luchando contra
el cáncer.

La realidad era que la cobertura sanitaria que disponían no cubría toda la atención necesaria para su madre. Y aunque la habían atendido bien, tuvo que estar
en lista de espera, por lo que la enfermedad acabó por
llevársela.

Por eso, Rose sentía pánico ante la enfermedad de
su padre, pues se imaginaba que volvería a pasar lo
mismo.

La voz de Zac la devolvió a la realidad.

–¿Y tu padre?

Se puso tensa. Detestaba aquel interminable en-
gaño.

Respondió vagamente:

–Está en Nueva York.

–¿Tienes hermanos?

Rose negó con la cabeza.

–No, soy hija única.

–Debiste de pasarlo mal tras la muerte de tu madre.

Ella se sorprendió ante su interés

–En efecto. Mis padres se adoraban. Mi padre estuvo a punto de morirse, pero tenía que pensar en mí.

Al darse cuenta de que se acercaban a un terreno peligroso, intentó pensar en algo que desviara la atención de Zac de ese tema. Se le ocurrió contarle lo que había visto en el pueblo el día anterior.

–Ayer, cuando fui al mercado con Maria, estuve en la iglesia.

Zac la miró con dureza.

–¿Para arrepentirte de tus pecados?

Ella no hizo caso del comentario.

–Mi madre era religiosa y me acostumbré a acompañarla a distintas iglesias, donde encendía velas por diferentes amigos –continuó hablando deprisa para que Zac no tuviera tiempo de añadir más comentarios irónicos–. Hay un bonito cementerio al lado de la iglesia. Fui a verlo y me fijé en que el apellido Valenti es muy habitual por aquí. Estaba por todo el cementerio.

Se calló al ver que Zac apretaba la copa con fuerza. Vio que palidecía. De repente, se levantó con brusquedad y la silla chirrió sobre el suelo de piedra.

Perpleja ante su reacción, ella dejó la servilleta en la mesa y titubeó.

–¿Zac...?

Se levantó y se acercó a él, que contemplaba el paisaje. Lo miró de perfil y fue entonces cuando se dio cuenta de por qué parecía estar tan a gusto allí y por qué hablaba italiano con fluidez. Era de allí. Aquella era su tierra.

Dijo con voz débil:

–Son parientes tuyos. Pero ¿cómo...?

–Mi padre era Luca Valenti, que nació y se crió en el pueblo. Trabajó en la mina hasta emigrar a Nueva York, a los veinticinco años, en busca de una vida mejor.

Rose frunció el ceño sin comprender.

–Pero tus padres... Quiero decir, tu madre...

Él la interrumpió al tiempo que se volvía hacia ella.

–No es quien crees. Es mi abuela, no mi madre.

–Entonces, es evidente que tu madre tenía que ser...

–Su hija, su única hija: Simone Lyndon-Holt.

Rose se dio cuenta de que nunca había pensado por qué Zac había adoptado el apellido Valenti. Había empezado a trabajar para su familia poco después de que él se hubiera marchado. Y resultaba que Valenti era su verdadero apellido.

–¿Y cómo se conocieron tus padres si él era...?

–¿Un inmigrante? –preguntó él con amargura.

Rose asintió. Ella era hija de inmigrante. No lo había dicho para herirlo.

Él suspiró. Era evidente que no quería hablar de ello. Pero Rose estaba ávida de información. Al fin y al cabo, era la herencia de su hijo, su verdadera herencia.

–Mi madre lo conoció cuando su familia lo contrató para trabajar en el jardín. Ella tenía veintiún años y estaba prometida a un hombre procedente de una familia de clase social similar a la suya. Estaba madura para rebelarse, tras una vida en aquel mausoleo. Al conocer a mi padre, rompió su compromiso.

Su tono era amargo y Rose supuso que no hablaba solo de la experiencia de su madre.

–Su relación fue muy apasionada. Mi padre la incitó a que huyera con él, cosa que hizo. Se casaron en el norte del Estado de Nueva York. Cuando volvieron, ella ya estaba embarazada de mí.

Rose sabía que lo que vendría después no sería agradable. ¿Cómo había acabado Zac con unos abuelos que fingían ser sus padres?

—Cuando regresaron para enfrentarse con mis abuelos y presentarles el hecho consumado, mi abuelo, que aún vivía, dijo a mi madre que para ellos había muerto y que, si volvía a pisar aquella casa, se aseguraría de que expulsaran a mi padre del país, ya que no tenía permiso de trabajo. Ni que decir tiene que le retiraron toda asignación económica y su herencia.

Zac miró a Rose durante unos segundos y volvió a apartar la vista.

—Mi padre quería traer aquí a mi madre, a Italia, pero tenía un embarazo difícil, por lo que tuvieron que quedarse en Nueva York para que tanto ella como yo estuviéramos a salvo. Las cosas empeoraron. Mi padre tenía que ganar dinero a toda costa. Llegó a tener cuatro empleos, uno de ellos de albañil, que fue cuando tuvo el accidente.

Rose contuvo la respiración.

—Lo llevaron al hospital, pero no tenía consigo ningún documento de identificación y estaba casi inconsciente. Cayó en coma y mi madre tardó en localizarlo una semana. El shock hizo que se le adelantara el parto y, cuando yo nací, con un mes de antelación, mi padre había muerto.

Rose se llevó la mano a la boca.

Zac continuó con una voz desprovista de toda emoción.

–Al no disponer de la ayuda económica de sus padres ni saber hacer nada, mi madre quedó en la indigencia. Desesperada, hizo lo único que creyó que podía hacer. Me llevó con mis abuelos para que se hicieran cargo de mí. Le dijeron que lo harían con la condición de que se marchara y no volviera.

–¡Por Dios, Zac!

Él prosiguió, implacable.

–Lo único que les importaba era tener un heredero varón. Mi madre se marchó ese mismo día. Una semana después, su cuerpo apareció a la orilla de un río. Mis abuelos consiguieron que no se notara su desaparición y apenas se mencionó su muerte en los periódicos. El escándalo se mantuvo oculto, como tantos otros. La sociedad me aceptó como hijo suyo, como si fuera normal que una pareja de casi cincuenta años apareciera con un niño surgido de la nada. De pequeño me hablaron de una hermana que había muerto, pero no supe quién era.

–Años después, la mañana en que me iba a casar, vino a verme una mujer, una vieja amiga de mis padres que había vivido en el mismo edificio que ellos. Se había quedado embarazada al mismo tiempo que mi madre. Me lo contó todo, así como que mi madre había recurrido a ella después de dejarme con mis abuelos. Estaba destrozada, pero convencida de haber hecho lo único que podía para asegurarme un futuro. Hizo prometer a su amiga que controlaría mis progresos y que, un día, cuando a ella le pareciera el momento adecuado, me contaría la verdad. Cuando me enfrenté a mis abuelos, ni siquiera lo negaron.

Zac se calló y Rose le preguntó en voz baja:

–¿Por qué no lo hiciste público?

Zac apretó los dientes.

–Le dije a mi abuelo que, si dejaban que yo hiciera mi vida y rompiera mis vínculos con ellos, no revelaría el secreto. Por aquel entonces, tuve suficiente con adoptar el apellido de mi padre.

Rose se sentía mareada y con deseos de abrazarlo.

–Lo siento mucho. Tus padres no se merecían eso, ni tú tampoco.

Él le lanzó una mirada cínica.

–Pues no lo sé. He tenido una educación privilegiada y nunca me ha faltado de nada. Me ofrecieron todo tipo de oportunidades. Incluso se habló de que tendría un alto cargo gubernamental en el futuro. Todo estaba planeado.

Su sarcasmo le atacó los nervios.

–No te debió de resultar fácil. Si no, ¿por qué te fuiste en cuanto lo supiste?

–No tienes ni idea de cómo fue. La única razón de habértelo contado es que quiero que comprendas por qué estoy decidido a que ese niño sea un Valenti. Nada me detendrá, Rose.

Tras haberla mirado con intensidad durante varios segundos, volvió a la mesa, agarró la copa medio llena de vino y se la bebió de un trago. Después se marchó.

Ella pensó que verdaderamente no sabía nada. Ella también había vivido en aquella casa, aunque solo como empleada. Se imaginó lo frío y sombrío que debió de ser aquel entorno para un niño pequeño que, sin siquiera saberlo, llevaba los genes de un padre italiano inmigrante.

Y era evidente que Zac la consideraba otro elemento de la traición que habían sufrido sus padres y que aún duraba.

Instintivamente, se llevó la mano al vientre, pues el bebé le había dado una patada. Se emocionó. ¿Cómo iba a negar a aquel niño que conociera su verdadera procedencia después de lo que Zac le había contado? No era de extrañar que él hubiera reaccionado como lo hizo al enterarse del embarazo.

Jamás se había sentido tan impotente ni más sola. Quería hacer lo correcto, pero ¿cómo?

Capítulo 8

CUANDO Zac entró en la villa la tarde siguiente, después de haber pasado el día en Siena en el hotel, luchaba contra una marea de emociones desconocidas. La primera era el remordimiento por haberse abierto a Rose la noche anterior.

Había un puñado de personas que sabían la verdad sobre su herencia y ella ya era una de ellas. Ella, ni más ni menos, que podía hacerle mucho daño.

Pero se había cegado cuando Rose le contó que se había enterado de que el apellido Valenti era habitual en el pueblo. La emoción que expresaban sus ojos lo conmovió y le recordó la primera noche que habían pasado juntos, cuando lo había mirado con tanto deseo para después salir huyendo.

Se repitió una vez más que Rose estaba actuando. En sus dos encuentros, ella sabía perfectamente lo que hacía y quién era él.

Cuando supo que estaba embarazada, podía haber evitado que él la encontrara buscando refugio en casa de su abuela. Pero no lo hizo.

Apartó de sí los remordimientos por haber hablado con ella, ya que se alegraba de que supiera que estaba dispuesto a rechazar para su hijo el legado de los Lyn-don-Holt. Que se lo dijera a su abuela.

Se dirigió a la piscina y se enfadó al ver que estaba vacía. Había buscado a Rose por todas partes. ¿Dónde estaba?

Lo asaltó el recuerdo de haberla llevado dormida a la habitación. Cuando la dejó en la cama, estuvo contemplándola largo rato, seguro de que fingía estar dormida. Pero no abrió los ojos, sino que siguió tumbada, respirando regularmente, tan tentadora que él había acabado por marcharse, indignado.

Oyó un sonido metálico procedente de la cocina, seguido de una palabrota. Intrigado, se dirigió hacia allí, ya que era la tarde libre de Maria.

Al llegar a la cocina, se detuvo en el umbral para asimilar lo que estaba viendo y, cuando lo hizo, lo invadió una oleada de deseo.

Rose estaba descalza y llevaba un amplio vestido floreado que le llegaba a la rodilla. Estaba sofocada del esfuerzo. Llevaba el pelo recogido, pero algunos mechones se le habían adherido a la húmeda piel.

Lo único que deseó Zac en aquel momento fue tomarla en brazos, tumbarla en la mesa de la cocina, quitarle el vestido y hallar por fin alivio entre sus piernas.

El cuerpo le bramaba de deseo.

Apretó los dientes tratando de controlarse.

Su cerebro también registró un delicioso olor a comida y que Rose se mordía el labio inferior, con el dedo debajo del grifo abierto. Cuando se percató de que se había hecho daño, corrió a su lado y le tomó la mano, en la que se veía un hematoma.

—¿Qué ha pasado? ¿Qué haces aquí?

Rose, sorprendida y asustada ante la repentina aparición de Zac, retiró la mano y volvió a ponerla bajo el agua fría.

—Me acabo de quemar con la bandeja del horno. Estoy preparando la cena. Maria me ha dado instrucciones.

Por suerte, Zac ya no la tocaba, pero seguía demasiado cerca y echaba fuego por los ojos.

No estaba preparada para verlo así. Llevaba todo el día debatiéndose entre ser sincera con él, a la luz de lo que le había contado, o atenerse al acuerdo de confidencialidad que había firmado y salvar a su padre.

No podía fiarse de Zac, a pesar de lo que le había revelado. La odiaba demasiado. ¿Por qué no iba a aprovechar la oportunidad de castigarla haciendo sufrir a su padre? Aunque, en su fuero interno, Rose no creía que fuera a hacer daño a una persona inocente, el riesgo era muy elevado.

—¿Maria te ha encargado que hagas la cena? Normalmente la deja preparada en la nevera.

—Le he dicho que me ocuparía yo. Quería preparar una lasaña.

Se sentía avergonzada, como si fuera evidente que trataba de hacer realidad una versión ampliada de la fantasía que había albergado, como si fingiera que aquel era su hogar y que cocinaba para personas que la querían. Pero aquel no era su hogar ni lo sería nunca.

–¿Cómo tienes la mano?

Ella la sacó de debajo del agua y vio que el hematoma se había convertido en una fina línea rosa. Cerró el grifo.

–Se me pondrá bien. La lasaña está casi lista, si quieres cenar.

–No te he traído aquí para que cocines para mí, Rose.

Ella se envolvió la mano en un paño húmedo antes de fulminarlo con la mirada.

–Sé perfectamente por qué estoy aquí, Zac. Me gusta cocinar y lo estaba haciendo para mí, y para ti, si quieres, eso es todo.

–Tengo entradas para la ópera en Siena. Cena y nos marcharemos dentro de una hora.

Rose intentó rechazar la propuesta, pero él ya se había marchado. Después pensó que no iba a renunciar a la posibilidad de salir y conocer algo más de aquel maravilloso país.

Y cocinar para uno mismo no estaba mal. Ya congelaría lo que sobrara de la lasaña.

Zac esperaba serenarse después de haber salido de la cocina y haberse alejado del delicioso olor a comida casera y de la tentadora imagen de una Rose resplandeciente en medio de una escena doméstica.

Recordó que un día, cuando tenía seis años aproximadamente, había entrado en la cocina de casa de sus abuelos y había contemplado maravillado aquel lugar lleno de olores, gente y utensilios. Pero había aparecido la niñera y lo había regañado por haberse escapado. Era la primera vez que veía una cocina.

Había invitado a Rose a la ópera para hacer añicos la erótica imagen de ella en la cocina. Hubiera hecho cualquier cosa por situarla en un entorno que él dominara mejor.

Pero, a pesar de sus esfuerzos, no lo había conseguido. Ella estaba sentada a su lado en la zona destinada a personalidades de la ópera de Siena, que se había restaurado gracias a la enorme suma de dinero que él había donado. El edificio no tenía techo, y la luna iluminaba el escenario, donde se representaba *Tosca*.

Rose llevaba un largo y escotado vestido negro de seda. Las cortas mangas dejaban al aire sus brazos bien torneados, que no eran el resultado de horas en el gimnasio, sino de horas de trabajo. Por primera vez, Zac entendió por qué alguien como ella aprovecharía la posibilidad de salir de su situación, a pesar de que no había notado que fuera avariciosa.

Como ella se había negado a hablarle del contrato con su abuela, no sabía lo que esta le había prometido. Si se lo dijera, podría negociar con ella. Aunque tal vez le hubiera ofrecido una suma tan enorme de dinero que creyera que él no podría superar la oferta.

Carecer de respuestas lo irritaba. Y aún peor era la presencia de Rose, su olor, sus curvas, más pronunciadas por el embarazo, y un sentimiento primario de posesión que experimentaba cada vez que le miraba el vientre: era suya.

Le recordaba la noche en que le había arrebatado la virginidad, cuando había deseado dejarle su marca.

Cuando vio que Rose aplaudía entusiasmada, con los ojos muy brillantes, se dio cuenta de que se había perdido la representación entera por haber estado pensando en ella.

Rose había estado tan absorta durante la representación que casi se había olvidado de que Zac estaba a su lado. Casi. Pero, de vez en cuando, el muslo masculino rozaba el suyo o sus codos se tocaban. Aspiraba su olor cada vez que él se removía en la butaca, cosa que había hecho a menudo, por lo que tenía que apretar los dientes para no dejarse vencer por el deseo. Así que, en realidad, no se había olvidado de él en absoluto.

Todo el mundo se había puesto de pie para salir. Se unieron a la multitud para llegar a la calle y alguien pisó el vestido de Rose por detrás, lo que la hizo tambalearse y lanzar un gritito de sorpresa. Zac la abrazó para sostenerla. El señor que la había pisado se deshizo en disculpas y Rose le sonrió y le dijo que no se preocupara.

Cuando el hombre se hubo marchado, ella miró a Zac con el corazón desbocado. Zac no parecía ser consciente de que la multitud debía rodearlos para bajar la escalera y de que estaban llamando la atención.

El cuerpo de Rose ardía apretado contra el de Zac. Tuvo pánico. ¿Por qué no la soltaba? No tardaría ni un segundo en darse cuenta de lo mucho que lo deseaba y no podría soportar de nuevo semejante humillación.

Trató de soltarse, pero él la apretó con más fuerza. Sintió su vientre apretado contra él y la inconfundible dureza de su excitación. Lo miró con los ojos como platos.

Él le dijo en tono burlón:

–No te asustes. Ya no eres inocente.

Ella recordó cómo la había besado y su frialdad posterior mientras ella mostraba claramente su deseo.

–Pero... Creí que no...

–Creo que las pruebas hablan por sí solas.

Él se movió levemente y ella estuvo a punto de gemir. Pero el deseo no le impidió percatarse de que a él no le gustaba aquello. Era evidente por su sombría expresión. Fue suficiente para que se librara del abrazo y bajara corriendo la escalera.

Zac la alcanzó y la tomó de la mano. No dijo nada mientras se dirigían adonde les esperaba el chófer para llevarlos hasta el lugar en que había aterrizado el helicóptero.

Cuando llegaron al coche, Zac le abrochó el cinturón de seguridad y le rozó los senos al hacerlo.

Ella se mordió el labio inferior con fuerza, y él se dio cuenta. Con el pulgar, le liberó el labio y se lo acarició.

Rose sintió un latido entre los muslos cuando él rodeó el coche y se sentó a su lado. Zac no volvió a mirarla, pero ella tuvo la impresión de que se había producido un silencioso diálogo entre ambos y de que ella había accedido... ¿a qué?

Cuando el helicóptero aterrizó en la finca, Rose trató de controlarse. Sabía que cuando desmontaran, Zac la miraría con su habitual desdén y ella habría hecho el ridículo. De nuevo.

El silencio de Zac y la velocidad a la que condujo

el todoterreno hasta la villa confirmaron las sospechas de Rose de que quería perderla de vista lo antes posible.

Cuando el coche se detuvo, ella estuvo a punto de caer al bajarse, por la prisa en alejarse de él antes de que se diera cuenta de su nerviosismo.

Casi había entrado en la villa cuando él preguntó:

–¿Adónde vas?

Zac estaba al lado del todoterreno quitándose la pajarita y desabotonándose la camisa.

Rose sintió una gota de sudor deslizándosele entre los senos. Apenas podía respirar.

–Voy a acostarme.

Cuando él echó a andar hacia ella, contempló su mirada llena de deseo. Se quedó clavada en el sitio, aunque sabía que debía irse.

Había demasiadas cosas oscuras y no expresadas entre ellos. Él la odiaba, pero la deseaba. Ella era débil... Y lo deseaba.

Zac llegó a su lado, le puso la mano en la cintura y la atrajo hacia sí. Y cuando pegó su boca a la de ella e hizo que el mundo desapareciera, Rose supo que cedería porque quería fingir durante unos segundos que él sentía por ella algo más que animadversión y resentimiento.

La boca de Zac estaba sobre la de Rose, y él se ahogaba en su dulzura. Ella había enredado la lengua en la suya y lo había abrazado por el cuello. Y, en aquel momento, a él le daba igual todo lo demás.

Si no se movía, acabarían en el suelo, pero había

esperado tanto que no quería poseerla como un animal en celo.

La tomó en brazos y la llevó a su habitación, que estaba a oscuras. Dejó a Rose en el suelo y encendió la luz. Quería ver cada centímetro de su cuerpo. No iba a seguir luchando contra el deseo que sentía.

Se quitó la chaqueta y la tiró al suelo. Sin dejar de mirarla, se quitó la camisa. Le hubiera gustado que lo hiciera ella, pero estaba impaciente.

Ella, de pie frente a él, lo miraba paralizada, como si no creyera dónde se hallaba. Y le brillaban los ojos de un modo que él no quería ver, porque lo retrotraía al pasado. Así que le dijo que se diera la vuelta con brusquedad.

Ella lo hizo. Él le bajó la cremallera del vestido hasta el final, a la altura de las nalgas, y le bajó el vestido hasta la cintura.

Rose llevaba el cabello recogido en un moño. Zac le quitó las horquillas y la melena le cayó sobre los hombros. Él quiso acariciársela y hundir la cabeza en ella. No lo hizo.

Comenzó a desnudarla. Le desabrochó el sujetador por detrás y dejó que cayera al suelo. Le agarró los senos. Eran más grandes, hermosos. Las aureolas también le habían crecido. La prueba de su embarazo era muy erótica. Le pellizcó los pezones con suavidad y sintió que ella temblaba y contenía la respiración. La besó en la nuca y el sabor de su piel le nubló los sentidos.

Cuando ella se dio la vuelta quitándole las manos de sus senos, él se arrancó el resto de la ropa mientras ella hacía lo mismo hasta quedarse desnuda.

En un acto reflejo, Zac fue a abrir el cajón de la mesilla para agarrar un condón, pero se dio cuenta de que no lo necesitaba.

Eso hubiera debido hacerle recuperar la cordura al recordarle con quién se las veía, pero lo único que pensaba era en lo mucho que deseaba penetrarla sin que hubiera barrera alguna entre ambos.

Ella lo miró como si dudara. Él contempló su cuerpo, sobre todo su vientre hinchado.

Impulsivamente, puso la mano en él.

Lo invadió una emoción desconocida. Se sentía poderoso como nunca, pero también humilde. Quiso arrodillarse, besar aquel vientre y abrazar a su dueña. El deseo era tan intenso que estuvo a punto de caer al suelo.

–¿Zac...?

Él alzó la vista y la emoción se disipó para ser sustituida por la lujuria. Aliviado, se entregó a ella.

–Túmbate en la cama, Rose.

La expresión de inseguridad abandonó el rostro de ella. Se sentó y Zac se tocó a sí mismo y sintió una gota de humedad en la punta del sexo.

Cuando ella se había sentado e iba a tumbarse, él le dijo.

–Espera, quiero que me tomes con la boca. Saboréame, Rose.

Ella lo miró con renovada expresión de incertidumbre. Él ansiaba aquello. El animal que había en su interior rugía exigiendo una completa liberación, pero en aquel momento necesitaba más que ella lo tuviera en su boca en la clásica postura suplicante.

Ella extendió una mano vacilante y él apartó la

suya para que pudiera agarrarlo. Contuvo el aliento al ver la pálida mano alrededor de su carne.

–Acaríciame.

Ella subió y bajó la mano abriendo mucho los ojos al ver que todavía aumentaba más de tamaño. El pulgar le rozó la punta, y Zac tuvo que morderse la lengua.

Y después, ella se inclinó hacia delante y lo tomó en la boca, al principio con torpeza por ser la primera vez que hacía algo así.

Le chupó, lamió y acarició hasta que Zac se preguntó cómo podía seguir de pie. Le había introducido los dedos en el cabello. Estaba a punto de sujetarle la cabeza para embestirla y liberarse por fin cuando algo lo detuvo.

No podía hacerlo. No podía exigirle que lo exprimiera de aquel modo.

Se salió de su boca y ella lo miró con los ojos desenfocados. Ninguna mujer lo había mirado así, como si estuviera llegando al clímax al mismo tiempo que él.

La tendió en la cama y se tumbó a su lado.

Le separó los muslos con la mano y la exploró para comprobar si estaba lista. Se puso sobre ella sin tocarla, consciente de la vulnerable hinchazón de su vientre y se situó entre sus piernas. Se obligó a ir despacio. Era una tortura deliciosa. Ella lo aceptó centímetro a centímetro y lo aferró con fuerza.

Cuando ya la había penetrado tan profundamente que apenas podía respirar, ella arqueó el cuerpo y soltó un largo gemido.

Zac se quedó inmóvil durante unos segundos. ¿Alguna vez había sentido algo tan perfecto? No. Y después comenzó a moverse y se olvidó de la perfección.

Rose cerró los ojos cuando le levantó una pierna para enlazársela a la cadera.

–Mírame –le pidió él.

Rose abrió los ojos y lo siguió mirando mientras él la embestía una y otra vez. Ella comenzó a arañarle la espalda temblando y rogándole con voz ronca que le diera más.

Fue entonces cuando Zac se dejó ir y los dos explotaron con una tensión casi aterradora por su intensidad.

Horas después, Zac, sentado en el borde de la cama, contemplaba el amanecer sobre las colinas toscanas. Se sentía como si lo hubieran vuelto del revés, expuesto y vulnerable. Percibió movimiento en la cama, detrás de él, se levantó y agarró los pantalones.

–¿Adónde vas?

Él sabía lo que debía hacer.

Había bajado la guardia allí, en Italia. Le había contado demasiadas cosas a Rose, y la noche anterior era la prueba de que, a la primera oportunidad, Rose conseguiría que se volviera loco por ella.

Se dio la vuelta. Ella se sostenía sobre un codo y la sábana apenas le cubría los senos. Para desesperación de Zac, su cuerpo reaccionó en consecuencia.

–A ningún sitio, pero tú sí. Te vuelves hoy a Nueva York.

Capítulo 9

ROSE pensó en la paradoja que suponía estar sobrevolando la tierra de sus padres mientras miraba por la ventanilla del avión. Por desgracia, había demasiada altitud para ver la verde isla.

Había llamado a la clínica poco después de que el avión privado de Zac despegara y había hablado con su padre. Lo operarían una semana más tarde, dos días después de que Zac volviera a Nueva York. Su padre parecía animado, lo cual había sido un bálsamo para sus heridas.

Se sentía destrozada porque sabía que se había entregado en cuerpo y alma a Zac Valenti y él no quería darse cuenta.

Aquella mañana, frente a ella, todo su cuerpo le indicaba que lamentaba lo que había sucedido la noche anterior. Lo lamentaba y lo rechazaba.

Y ella había empeorado las cosas porque, como todavía sentía la inmensa felicidad de sus caricias en su cuerpo, había pensado, como una estúpida, que debía intentar hacérselo entender.

Se había arrodillado en la cama, envuelta en la sábana, y le había dicho.

–Tienes que creerme, Zac, cuando te digo que no quería traicionarte.

Él la había mirado con indiferencia.

–Dices que no querías hacerlo, pero lo has hecho. Entonces, ¿cuál de las dos cosas debo creer? No estoy de humor para adivinanzas.

Ella había estado a punto de estallar y contárselo todo, hablarle de su padre. Pero se sintió insegura ante su fría mirada. ¿Cómo podía pasar él de una actitud a otra con tanta rapidez? Simplemente la deseaba; ella no le importaba. Y no podía correr el riesgo de que tampoco le importara lo que le pasara a su padre.

Se sintió derrotada.

–Da igual –contestó.

Él negó con la cabeza.

–Es evidente que tienes un plan, Rose, y sé cuál es.

–¿Ah, sí?

Él asintió.

–Creo que vas a esperar hasta que nazca el bebé para después hacerme competir con mi abuela. Es eso, ¿verdad? Vas a vender a mi hijo al mejor postor. Pero esperarás hasta entonces, hasta que todos sepamos lo que nos jugamos.

Sorprendida y horrorizada, lo había visto acercarse con una expresión aún más dura.

–Ya te he dicho que haré lo que sea para que mi hijo sea un Valenti. Y si eso implica mi propia destrucción, pagar el máximo precio, lo haré. Lo hice antes y sobreviví. Puedo volver a hacerlo.

Zac retrocedió y Rose sintió su animadversión y su odio de forma física. A pesar de la noche anterior, nada había cambiado. En realidad, las cosas habían empeorado. Él estaba resentido con ella por lo que consideraba una debilidad, una debilidad de la carne.

Por último, Zac había añadido:

—Es la última vez que hablamos del tema hasta que nazca el bebé. Cuando lo haga, estaré preparado para luchar por su custodia. Al volver a Nueva York te instalarás en el piso que hay al lado del mío durante el resto del embarazo. Nos comunicaremos mediante mis ayudantes.

Zac se había marchado antes de que ella se recuperara del susto, y el helicóptero se la había llevado de la villa sin que lo hubiera vuelto a ver.

«¿Para decirle qué?», se preguntó en el avión. Para decirle todo lo que no había tenido el valor de decirle antes. Ya era demasiado tarde.

Se había equivocado con él. Era tan implacable como su abuela, pero tenía sus motivos. Lo que les habían hecho a sus padres y a él había sido de una extrema crueldad.

Aunque sus abuelos no habían matado a sus padres, era como si lo hubieran hecho.

Y habían privado a Zac de la posibilidad de conocer a las dos personas que más lo habían querido. Todo por su esnobismo y su afán de preservar el apellido de la familia y de proteger su inmensa fortuna.

Rose entendía por qué Zac quería formar parte de la vida de su hijo. No haría nada que lo pudiera perjudicar. Lo querría y lo educaría, aunque a ella la odiara por haberlo traicionado.

Rose tomó una decisión que, aun sabiendo que no cambiaría nada entre Zac y ella, aseguraría que el hijo de ambos se criaría honrando a los padres de ella y a los de él. A sus verdaderos abuelos.

Casi una semana después, Zac entró en su piso y se detuvo al cruzar el umbral. Ella estaba allí. No se había marchado, como le había dicho. Su aroma estaba en el aire.

Sintió una vibración interior que no había experimentado desde la partida de Rose.

No quería verla.

Sabía que era irracional, pero el recuerdo de ella, de rodillas en la cama y envuelta en la sábana, tratando de seducirlo aquella mañana lo había llevado al límite de su paciencia. Por eso le dijo que tenía que marcharse, pues sentía un enorme rechazo ante su intento de aprovecharse de una intimidad que no debería haberse creado.

En Italia, ella no debería haber cedido a sus deseos. La maldijo y se maldijo a sí mismo por no haber sido lo bastante fuerte para resistirse. Sabía que era traicionera, pero tenía que poseerla. Un fuego inextinguible ardía en su interior. Pero acostarse con ella solo lo había extendido.

Se frotó el pecho sin ser consciente de que quería calmar la sensación de opresión. Bajó la mano. Ya estaba bien. Todo aquello acababa allí, y él retomaría el control de su vida.

Entró en el piso. Rose estaba sentada en el sofá y se levantó al verlo. Estaba pálida y tenía un aspecto resuelto.

–Creo que te había dicho que te mudaras antes de que volviera –dijo él.

Se fue directo al mueble bar del salón y se sirvió un whisky.

–Lo he hecho.

Él se dio la vuelta.

–Entonces, ¿a qué debo el honor?

–Tengo que hablar contigo.

Él consultó su reloj.

–Debo acudir a un evento solidario. ¿No puedes esperar?

Rose avanzó hacia él.

–No tardaré mucho. Tengo que explicarte algo... Bueno, todo en realidad.

Zac se quedó inmóvil ante la intensidad de su mirada. A pesar de lo mucho que deseaba estar fuera de su órbita, le picaba la curiosidad.

–Me vendrán a buscar dentro de media hora. Tienes quince minutos.

Rose maldijo sus nervios. Era evidente que a Zac no le había gustado encontrársela allí, lo cual le dolió más de lo que esperaba. Pero tenía que hacer lo que había ido a hacer o perdería el valor. Y quería contárselo antes de que lo viera su abuela. Había apostado muy fuerte esa mañana y esperaba haber hecho lo correcto. La vida de su padre dependía de ello

–¿Y bien?

Él había dejado el vaso, se había metido las manos en los bolsillos y había separado las piernas. Tenía un aspecto poderoso e intimidante. Ella se dirigió a la ventana para alejarse de él.

Lo miró, respiró hondo y se tiró a la piscina.

—Tu abuela me propuso un plan para tenderte una trampa.

Zac se impacientó.

—Ella o tú... Me da igual quién empezara. Si no vas a decirme nada nuevo...

—No da igual. Y debo decirte por qué acepté —respiró hondo—. Por mi padre.

Zac frunció el ceño.

—¿Qué tiene tu padre que ver en todo esto?

A Rose le temblaban los rodillas, así que se sentó en la silla más próxima.

—Todo.

Él la miro y ella creyó que iba a marcharse. Pero no lo hizo.

—Continúa.

—Si te cuento lo que voy a contarte, primero tienes que prometerme algo.

—No estás en situación de regatear.

Rose volvió a levantarse.

—Yo también quiero que este niño sea un Valenti, Zac. No quiero seguir formando parte del plan de tu abuela. Pero si voy a enfrentarme a ella por ti, necesito que iguales lo que me va a pagar.

Zac se enfadó.

—¿Ahora estás dispuesta a negociar?

—No es una negociación.

Su voz sonó más dura que nunca.

—La razón de no poder decirte el precio que iba a pagar tu abuela era que no se trataba de dinero.

–Por favor...

–No –repitió ella ante su incredulidad.

–Si no se trataba de dinero, ¿de qué, entonces?

–Mi padre está enfermo, muy enfermo. Tienen que operarlo del corazón y la operación es muy cara. Fue chófer de tu familia durante años. Lo conoces.

–¿Seamus O'Malley es tu padre? –preguntó él, incrédulo.

Rose asintió con emoción.

–Sí. Empezó a sentirse mal hace unos meses y no sabíamos qué le pasaba. Tras varias pruebas, los médicos descubrieron que se trataba del corazón. Me dijo los resultados de las pruebas cuando yo estaba trabajando en casa de tu abuela. La cobertura sanitaria que tenemos es básica, por lo que sabíamos que no podríamos pagar la operación que necesitaba.

Rose hizo una pausa.

–Pero antes de continuar, tienes que prometerme que te ocuparás de la atención sanitaria de mi padre y que lo protegerás de las posibles consecuencias que puedan derivarse del hecho de haberte contado todo. Lo van a operar dentro de dos días. Si no lo operan, no llegará a fin de año...

La voz se le quebró, pero Zac permaneció impertérrito.

–¿Por qué tendría que hacerlo?

–Porque no tiene culpa alguna de todo esto y no debe sufrir por mis errores.

Zac avanzó hacia ella.

–¿Así que yo soy un error?

Ella se sonrojó.

–No me refería a eso, sino al error de consentir que

tu abuela me haya utilizado contra ti y a que todo se
me haya ido de las manos.

Zac se detuvo y la miró durante unos segundos.

–Tengo que comprobar que lo que dices es verdad.

–Por supuesto –Rose estaba dispuesta a aferrarse a
la mínima esperanza de que él salvara a su padre–. Y
entonces, ¿lo ayudarás? –pensó que se lo pediría de
rodillas, si era necesario.

Zac se mantuvo en silencio tanto rato que la chispa
de esperanza que había surgido en ella comenzó a
apagarse. Tal vez hubiera juzgado mal a Zac y no estuviera dispuesto a ceder ni por ella ni por nadie.

Estaba a punto de reconocer su derrota cuando él
asintió.

–Si es verdad que tu padre está enfermo y que no
ha intervenido en este asunto, lo ayudaré. Ahora,
cuéntamelo todo.

El alivio que experimentó Rose fue abrumador.
Buscó las palabras adecuadas para expresarse, consciente de que el tiempo se le acababa.

–Cuando me enteré de lo de mi padre, me quedé
muy afectada. Tu abuela me encontró llorando en uno
de los dormitorios. Al principio se enfadó porque no
estuviese trabajando, pero después, cuando le expli-
qué los motivos, se mostró interesada.

Rose sabía que no era necesario entrar en detalles.
Zac ya lo entendía. Su abuela había visto una oportunidad y la había aprovechado.

–Me propuso el plan de ir a un evento solidario y
hacerme la encontradiza contigo. Me habló de seducirte y de quedarme embarazada, pero, para serte sincera, yo estaba tan alterada que no entendí la mitad de

lo que me dijo. Cuando lo asimilé, creí que las posibilidades de que dicho plan funcionara eran prácticamente nulas. Es indefendible que yo consintiera en
intentar lo que me proponía, pero debo decir que estaba aterrorizada y ella decía que pagaría la operación
de mi padre. Al día siguiente ya le habían redactado el
contrato y el acuerdo de confidencialidad. Cuando los
firmé sabía que estaba obrando mal, pero estaba muy
asustada por mi padre.

El rostro de Zac seguía impasible.

—Me pasé la mayor parte de la noche en que nos
conocimos en el cuarto de baño del hotel. Me di
cuenta de que no sería capaz de hacerlo. Era una locura. Y me aterrorizaba conocerte. Esperaba que te
hubieras marchado, poder decir a tu abuela que su
plan no había funcionado...

Zac le miró la cintura y dijo en tono neutro:

—Pero nos conocimos.

Rose se llevó la mano al vientre.

—Sí.

—Y volvimos a vernos. Y no por casualidad.

Ella, avergonzada, se ruborizó.

—No por casualidad, pero tampoco por decisión
mía. Después de marcharme la primera noche, dejé
una nota a tu abuela diciéndole que no podía hacerlo
y que no iba a seguir trabajando para ella. Me fui a
casa y decidí que intentaría ocuparme de mi padre yo
sola, aunque tuviera que buscarme cinco empleos.
Pero, una semana después, ella me localizó y vino a
verme. Me dijo que me habías estado buscando...

Rose titubeó, temerosa de la reacción de Zac, pero
él continuó impasible.

Ella prosiguió

–Me recordó que había firmado documentos legales y me dijo que, si no seguía adelante con el plan, me demandaría judicialmente. Temí que hiciera cosas aún perores, como intentar conseguir la custodia del niño si me quedaba embarazada.

Zac estaba a punto de estallar.

–Es evidente que llevaría todas las de perder si fuera a juicio en contra de los derechos de la madre biológica.

Rose se sofocó tanto que pensó que rompería a sudar. Pero también se enfureció.

–¿Y cómo iba a saberlo? Soy una criada, Zac. Dejé la escuela a los diecisiete años. Cuando una de las mujeres más ricas del mundo te presenta un documento firmado, es difícil no creer que no esté dispuesta a aniquilarte. Además, yo había firmado el acuerdo de confidencialidad, por lo que pensé que no podía contarte nada.

Rose respiraba deprisa y había cerrado los puños. Trató de serenarse. La expresión de leve asombro de Zac no la ayudó a hacerlo. Temblaba de ira y también por estarse defendiendo por primera vez ante él.

Aunque deseaba retirarse a un rincón a lamerse las heridas, debía continuar y contárselo todo.

–La verdad es que me decidí a verte por segunda vez tanto por las amenazas de tu abuela como porque quería hacerlo. Volver contigo a tu piso es lo más egoísta que he hecho en mi vida, pero creí que podría permitírmelo, que mientras usaras protección...

Se calló porque sus buenas intenciones no la habían protegido ni a ella ni a él.

Como si le hubiera leído el pensamiento, Zac dijo:

–Aunque todo esto es muy interesante, me inclino a creer que te quedaste embarazada de acuerdo con el plan, por mucho que digas que no querías llevarlo a cabo.

Rose luchó contra la desesperación que la invadía. Era poco probable que Zac la creyera, pero al menos la había escuchado y había consentido en ocuparse de su padre. De momento, eso debía bastarle. No consideró necesario decirle que había visto a su abuela esa tarde. Se enteraría enseguida.

Él se cruzó de brazos.

–Si ayudo a tu padre, ¿cómo podré estar seguro de que no te volverás contra mí y pelearás conmigo por la custodia del niño?

Rose estaba agotada.

–Porque voy a poner la vida de mi padre en tus manos. Y te he dicho que quiero que mi hijo lleve tu apellido. Firmaré lo que quieras.

Zac hizo una mueca.

–Creo que podemos decir, sin temor a equivocarnos, que lo de firmar se te da bien.

Le sonó el móvil, que llevaba en el bolsillo. Lanzó un juramento al mirar el reloj.

–Debo irme a ese evento. Doy el discurso de bienvenida –se sacó del bolsillo una tarjeta y se la entregó–. Llama a mi ayudante y dale la información sobre tu padre. Cuando me haya asegurado de su inocencia, me ocupare de correr con los gastos de la atención médica.

Así de fácil. Rose pensó que, después de semanas torturándose, podía haberle dicho a Zac todo desde el principio.

Tomó la tarjeta. Él estaba a punto de salir del salón cuando ella consiguió hablar con voz estrangulada.

–Espera.

Él se detuvo y se volvió. Su rostro no manifestaba emoción alguna. Ella, por el contrario, tenía el corazón desgarrado.

–Solo quería... –Rose titubeó ante su fría mirada–. Quería decirte que lo siento, que no era mi intención que las cosas salieran así.

Seguía sin lamentar haberse quedado embarazada, pero estaba segura de que a él no le gustaría oírlo.

–No estoy seguro de que no lo fuera, Rose, pero ya me has contado suficiente, de momento. Como has dicho, tu padre no debería pagar por tus actos.

Zac salió cerrando la puerta. Rose se dejó caer en el sofá, detrás de ella, presa de una repentina debilidad a medida que la adrenalina desaparecía. Temblaba de pies a cabeza.

La impasibilidad de Zac se le había clavado como un cuchillo. La había destrozado que creyera que le había tendido una trampa, a pesar de lo que le había dicho.

Después de haber hecho el amor en Italia, había creído que él tal vez sintiera algo por ella que no fuera resentimiento. Había vislumbrado la posibilidad de un acuerdo. Pero era evidente que se había engañado.

Sin embargo, seguía vivo en ella un destello de esperanza. Si había alguna posibilidad, por remota que fuera, de convencerlo de que no había sido su intención traicionarlo, ¿no merecería la pena intentarlo? Incluso si tenía que decirle lo que sentía por él para convencerlo.

Sabía que, si no se hubiera enamorado de él, probablemente cuando lo vio por primera vez, no se hubiera producido la cadena posterior de acontecimientos. Era el haberlo deseado sin freno lo que había desembocado en la situación en que se hallaban. Le debía una aclaración.

Con el corazón latiéndole a toda velocidad, pero resuelta, Rose se dirigió a lo que había sido su dormitorio y busco en el armario hasta hallar lo que buscaba.

Zac no estaba seguro de lo que había dicho en el discurso de bienvenida, pero debió de ser lo correcto, porque los invitados lo felicitaron calurosamente.

Y no estaba seguro porque seguía intentando asimilar lo que Rose le había dicho. Quería que creyera que todo lo había hecho por su padre.

Recordó a Seamus O'Malley. Siempre había sido amable con él y le dejaba sentarse en el asiento delantero del coche cuando sus abuelos no estaban. Su acento lo fascinaba. Le contaba historias de Irlanda y cuentos de grandes guerreros irlandeses.

Se sintió incómodo ante la viveza de esos recuerdos.

Pero si lo que le había explicado Rose era cierto, ¿por qué no se lo había dicho al principio? Por supuesto que hubiera ayudado a su padre. Sin embargo, ¿debía creer que a ella la habían chantajeado para que consiguiera quedarse embarazada?

Bastaba imaginar el frío y autoritario rostro de su abuela para obtener una respuesta afirmativa.

Recordó la defensa desapasionada de Rose cuando él había puesto en duda su inteligencia y sintió una opresión en el pecho. Sabía que una persona poderosa podía resultar intimidante, y no había nada más intimidante que la amenaza de una demanda judicial, sobre todo cuando se carecía de medios económicos para hacerle frente.

De pronto aspiró un olor familiar. Sus acompañantes miraban a alguien detrás de él. Se dio la vuelta lentamente.

Rose estaba frente a él con el mismo vestido de la primera noche. Se ajustaba a cada curva de su cuerpo y a la leve hinchazón de su vientre. Llevaba el pelo suelto e iba sin maquillar, pero parecía brillar. Etérea. Su hada encantadora. La que lo había traicionado.

Le preguntó con voz ronca:

—¿Qué haces aquí?

Ella se le acercó más.

—Tengo que decirte otra cosa.

Consciente del interés que mostraban los que lo rodeaban, Zac observó:

—No es el momento de continuar la conversación.

—Es un momento tan bueno como cualquier otro.

Zac la tomó del brazo y la alejó de la curiosidad ajena conduciéndola a un sitio más tranquilo, donde la soltó.

—¿Y bien? ¿Qué es eso tan importante que no puede esperar?

Ella respiró hondo.

—Quiero que sepas que, desde la noche en que nos conocimos, has significado mucho para mí. Lo último que deseaba era traicionarte o complicarte la vida.

Aunque sabía que estaba siendo egoísta al irme contigo a tu piso ese día, me dije que te asegurarías de que estuviéramos protegidos. Creí que podía tomar lo que me ofrecías y, después, marcharme y no volver a verte. Sería mi secreto, un secreto que siempre guardaría.

Se señaló el vestido con un movimiento brusco.

—Quería demostrarte que la chica a la que conociste esa noche era la chica que creías que era: increíblemente ingenua y torpe. Pero me vi envuelta en algo que no pude controlar. Y sí, tenía un plan, pero odié cada momento en que te engañé.

Le tomó la mano y se la puso en el vientre. Él la sintió temblar.

—La verdad es que me enamoré de ti, Zac, y que no lamento que vayamos a tener este hijo porque, para mí, este bebé es fruto del amor.

«Este bebé es fruto del amor».

Durante unos segundos, Zac se sintió eufórico, pero entonces recordó... Daba igual lo que Rose dijera: el bebé fue concebido con engaños y a traición. El hecho era que ella estaba embarazada, así que podía decir lo que quisiera. Lo tenía atrapado.

Recordó la reverencia con la que la había acariciado la tarde en que lo había acompañado a su piso, la admiración que le había producido su aparente honradez...

Pero había sido todo menos honrada. Rose sabía perfectamente lo que hacía y no había intentado confesarle sus planes en ningún momento.

Había tenido toda la semana anterior para hacer planes, y Zac reconoció que tenía iniciativa. Retiró la mano de su vientre y no hizo caso de la necesidad que había sentido de protegerlo. Era la necesidad de proteger a su hijo no nacido.

–No me gusta que me gastes bromas en público.

–No es una broma.

Él alzó la mano.

–Por favor, ya basta.

Ella retrocedió un paso y lo miró.

–Sigues sin fiarte de mí.

Él soltó una carcajada.

–¿Fiarme de ti? ¿Crees que una declaración de amor y de remordimiento va a convencerme de algo? –negó con la cabeza–. No hace falta que lo hagas, estás exagerando. Cuando firmes el contrato que te presenten mis abogados, tendrás la vida resuelta. Te has dado cuenta de que, como padre del niño, ganaría cualquier pelea contra mi abuela, por lo que has cambiado de aliado. Y lo entiendo. Sé lo difícil que es sobrevivir porque he pasado por ello.

Rose se limitó a mirarlo y él vio cómo la luz de sus ojos se apagaba. La luz de la esperanza, pensó, y estuvo a punto de agarrarla. Se había puesto muy pálida.

Pero, después, ella retrocedió otro paso y le dedicó una sonrisa inexpresiva.

–Reconocerás que merecía la pena intentarlo.

Zac sintió que algo se le rompía en el pecho, algo que no tenía derecho a existir porque implicaba que seguía sintiendo debilidad por ella y que una parte de él deseaba que sus palabras fueran verdad.

Era ridículo.

Con cinco años, Zac había abrazado a su abuela impulsivamente, pero ella lo había empujado y él se había caído golpeándose la cabeza con una mesa.

–No vuelvas a ponerme la mano en el vientre, ¿me oyes? –dijo ella.

Él esbozó una sonrisa forzada.

–Siempre merece la pena, Rose.

Zac se alejó y se mezcló con la multitud. Le resultó muy difícil no volverse para verle el rostro.

Cuando por fin se volvió, ella se había ido.

Poco después, Rose, mientras hacia la maleta en el piso contiguo al de Zac, seguía en un estado de estoico aturdimiento. Haberse presentado allí con aquel vestido y haber estado a punto de arrodillarse ante Zac no había servido de nada. No había cambiado nada.

Le había dicho lo que sentía, pero, como en una película de ciencia ficción, sus palabras habían rebotado en él como si estuviera protegido por una membrana invisible.

No se iba a reprochar en aquel momento haber aprovechado la oportunidad de que él le ofreciera una salida al confesarle que su acusación de que había estado fingiendo era cierta. Ya tendría tiempo de hacerlo el resto de la vida.

Debía centrarse en su hijo. Y en su padre.

Echó una última mirada alrededor de la habitación. El vestido negro estaba extendido sobre la cama, pero esa vez no se lo llevaría. No quería que le recordara nada. Agarró la bolsa de viaje y salió.

Capítulo 10

PARECE que dice la verdad, Zac. Al padre lo operan mañana y no ha habido ninguna otra transferencia de dinero. Están cubiertos estrictamente los gastos hospitalarios. No hay razón para pensar que el padre esté implicado.

Zac se hallaba sentado en el despacho. Una sensación de miedo indefinido comenzó a invadirlo.

–Gracias, Simon. ¿Te ocuparás de pagar todos los gastos?

–Desde luego. ¿Quieres que redacte el contrato que me esbozaste?

–Sí, lo antes posible.

–Eso está hecho.

Cuando la llamada telefónica hubo concluido, Zac se levantó y se acercó a la ventana. Estaba inquieto. Desde la ventana contempló la estatua de la Libertad y el puente de Brooklyn. Desde aquel despacho se había producido su resurrección, pero la sensación de plenitud que solía sentir lo había abandonado.

Lo único que veía era el rostro de Rose la noche anterior, cuando la luz había desaparecido de sus ojos.

Al volver al piso ya no quedaba rastro de ella, salvo su aroma. Incluso eso lo había afectado lo suficiente como para ir al piso de al lado y llamar a la puerta.

Al no recibir respuesta, el portero había tenido que abrirle. Ella tampoco estaba allí. Toda la ropa que le había comprado estaba en el armario. El vestido negro se hallaba extendido en la cama.

Había sentido una mezcla de pánico e ira. Comenzó a sospechar que había vuelto a casa de su abuela con la esperanza de luchar desde allí por la custodia del niño, pero halló una nota con su nombre en la mesa contigua a la puerta.

Zac: Gracias por ofrecerme este piso, pero estaré más cómoda en mi casa de Queens. Voy a quedarme con mi padre en la clínica hasta que lo operen y, después, cuando vuelva a casa, lo ayudaré a recuperarse, si todo va bien.

De todos modos, como no querrías verme, no creo que te parezca mal. Te llamaré cuando nazca el niño para decirte cómo han ido las cosas. Entonces, tal vez podamos hablar de los planes para el futuro.

Mientras tanto, puedes mandarme el contrato o cualquier otra correspondencia a mi dirección de Queens.

Rose

Pensar en la carta le hizo sentirse aún peor. Pero, ¿no era eso lo que había dicho que quería, que ella desapareciese de su vida?

Ella le había ofrecido una salida perfecta. Cuando hubiera firmado el contrato, estaría seguro de que su hijo sería un Valenti. Habría conseguido lo que deseaba y podría retomar su vida.

Entonces, ¿a qué se debía aquella angustia? ¿Y por qué seguía pensando en lo que ella le había dicho sobre la noche en que se conocieron?

«Esperaba que te hubieras ido, pero nos conocimos... No quería traicionarte».

Recordó la impresión que le había causado cuando la vio por primera vez, como si quisiera huir de allí.

Y que le había repetido que tenía que marcharse, y que él la había persuadido para que se quedara engatusándola y seduciéndola.

Furioso consigo mismo por semejantes pensamientos y por dejar que aumentaran sus dudas, Zac se volvió justo cuando la puerta del despacho se abrió de golpe y entró la última persona del mundo a la que deseaba ver. Su secretario, muy agitado, la seguía.

—Lo siento, Zac. Le he dicho que no querías que te molestaran, pero no me ha hecho caso.

—Está bien, Daniel. Déjanos. Creo que tendré que hablar con mi abuela.

La puerta se cerró y Zac miró a la mujer que lo había apartado de un empujón en vez de ofrecerle su afecto. A pesar de que no era muy alta, de niño le parecía una giganta. Pero eso se había acabado.

Un odio sordo se apoderó de él. Con independencia de lo que Rose hubiera hecho, aquella mujer era la verdadera artífice del plan. Desde que su esposo había muerto, se había vuelto una defensora aún más ferviente del apellido familiar, como si quisiera seguir complaciendo a su difunto marido.

Zac se cruzó de brazos y dijo:

—¿A qué debo este honor, querida abuela?

Jocelyn Lyndon-Holt estaba pálida y temblaba de furia.

Zac hubiera disfrutado viéndola así si hubiera estado más relajado, pero tenía un mal presentimiento.

Ella arrojó unos papeles sobre el escritorio.

—Puedes decirle a esa prostituta que no me gustó su visita de ayer y que se enfrentará a mis abogados si cree que puede incumplir el contrato que me firmó, por no hablar del acuerdo de confidencialidad. Ni que decir tiene que será un verdadero festín para la prensa descubrir que se propuso seducirte en beneficio propio.

El miedo que Zac había comenzado a sentir se solidificó en su interior. Miró los papeles sobre el escritorio. Estaban rotos y eran documentos legales.

Contempló a su abuela pensando únicamente en una cosa.

—¿Te fue a ver?

Con la voz temblándole de furia, ella respondió:

—Tuvo la desfachatez de venir a mi casa para decirme que quería que el bebé fuera un Valenti. Es una imbécil romántica e ingenua si, después de conocer tu lamentable historia, cree que le vas a ofrecer un final feliz. Los dos sabemos que eso no existe, ¿verdad, Zachary?

«Los dos sabemos que eso no existe».

Zac se sintió revivir. ¿No esperaba en su fuero interno, desde que se había enterado de la historia de sus padres, que realmente existiera? ¿No había basado su resurrección en la esperanza de que hubiera algo más?

No se había permitido creerlo en el plano emocional, después de toda una vida en la que le habían negado el amor, por lo que lo había canalizado hacia el trabajo, creyendo que el poder llenaría el vacío.

Pero había conocido a Rose, y el vacío se había vuelto a apoderar de él mostrándole que, verdaderamente, deseaba mucho más y que quería creer en la pureza y la sinceridad. Hasta que había descubierto que lo había traicionado.

–¿Cuándo fue a verte?

Ella lo fulminó con la mirada.

–¿Eso es lo único que te importa? ¿Acaso no sabes que puedo destruirte a ti y tu reputación?

–Dímelo o enterraré el apellido Lyndon-Holt tan profundamente que no se volverá a hablar de él.

Impresionada por su fría cólera, su abuela le respondió de mala gana:

–Ayer por la tarde. Esa estúpida ni siquiera aceptó dinero, solo quería que le pagara la operación del padre. Yo tenía mis dudas sobre ella, sobre todo cuando me dejó una nota diciendo que no podía llevar a cabo el plan. Pero la obligué a volver a verte y se quedó embarazada.

Zac no pudo seguir negando la verdad. Todo encajaba de manera horrible. Rose era una mujer inocente y asustada. Muy ingenua, sí, pero inocente.

Consiguió contenerse para no explotar y dijo en tono glacial:

–En primer lugar, no es estúpida; en segundo, te has aprovechado de una empleada que estaba destrozada y has utilizado la vida de su padre para manipularla. ¿Y aún tienes la temeridad de juzgarla?

Ella respondió con desdén:

–Verdaderamente, eres hijo de tu madre. Vas a repetir la historia al haberte enamorado de una ingenua cuando podías haberlo tenido todo, Zachary. No habría habido límites para ti.

Zac pensó en Rose, en su piso vacío y en la nota.

–Tienes razón –afirmó en tono sombrío–. Podía haberlo tenido todo y lo he dejado escapar. Ahora, fuera de mi vista antes de que te eche a la calle.

Rose tenía agarrada la mano de su padre. Las lágrimas le empañaban la vista cuando él abrió los ojos y la miró.

–Eres tú, Rose, ¿verdad?

Ella se secó las lágrimas.

–Sí, papá, soy yo.

Seamus miró a su alrededor.

–¿Se ha acabado ya? ¿Sigo vivo?

Rose rio, llena de alivio y gratitud.

–Sí, se ha acabado y estás vivo. El médico ha dicho que te quedan por lo menos treinta años de vida.

Su padre esbozó una sonrisa cansada, pero de alivio.

–¿Qué voy a hacer yo otros treinta años?

Ella volvió a tomarlo de la mano y se la llevó al vientre.

–Para empezar, ayudarme con el bebé y contarle de dónde procede.

–Entonces, no ha sido un sueño.

Ella negó con la cabeza y se obligó a sonreír.

No, no había sido un sueño; más bien, una pesadilla, sobre todo en aquel momento, cuando debía pensar en cómo relacionarse con Zac y en las inevitables consecuencias de haberse enfrentado a su abuela.

Pero, de momento, todo iba bien. Su padre estaba a salvo, y eso era lo único que le importaba. Ya se preocuparía más delante de lo demás.

Seamus frunció el ceño.

—El padre...

—Shhh... No pienses en eso ahora. Te hablaré de él cuando estés más fuerte —lo besó en la mejilla—. Ahora descansa, lo necesitas.

Su padre no insistió, lo cual era señal del estado de debilidad en que se encontraba. Asintió y volvió a dormirse.

Rose se levantó. Le dolía el cuerpo de haber estado sentada tanto tiempo al lado de la cama esperando a que su padre se despertara de la anestesia. Salió de la habitación.

Estaba rendida, aunque muy aliviada. Y aunque no le apetecía, tenía que comer. Desde la noche en que había visto a Zac por última vez, había perdido el apetito.

Echó a andar por el pasillo, pero recordó que se había dejado el bolso en la habitación. Se volvió y chocó contra una pared, una pared que la sujetó por los brazos para que no perdiera el equilibrio. Una pared con un olor que le resultó familiar. Una pared que no era tal.

Alzó la vista y se le fue la cabeza. La pared era Zac Valenti.

Temió desmayarse por primera vez en su vida, por lo que respiró hondo.

Él la agarró con más fuerza.

–¿Estás bien, Rose?

Ella hizo un esfuerzo por recuperarse, pero estaba demasiado aturdida para hablar con él, suponiendo que no estuviera sufriendo una alucinación.

–Tengo hambre. Necesito comer algo.

Zac desplegó su eficiencia habitual y, en cuestión de minutos, se hallaban sentados en la cafetería de la clínica. Él le había llevado un plato de espagueti a la boloñesa, que no tenía un aspecto demasiado apetecible, y la miraba.

–Era lo que parecía más comestible. Come un poco.

Demasiado fatigada para enfrentarse a la realidad de su presencia allí, Rose se tomó la pasta. Cuando se sintió algo recuperada le preguntó:

–¿Qué haces aquí, Zac?

Él se recostó en la silla.

–Quería comprobar que tu padre está bien.

–Gracias. El personal de la clínica me ha dicho que te has hecho cargo de las facturas, en lugar de tu abuela. No sabes lo que eso...

–No sigas. No tienes que agradecerme nada. Mi abuela no tenía derecho a aprovecharse de ti. Tu padre había sido su empleado, y lo menos que se merecía era su ayuda en caso de necesidad.

Rose se contuvo para no abrir la boca. Estuvo a punto de pellizcarse porque debía de estar soñando.

Como si le hubiera leído el pensamiento, Zac hizo una mueca.

–Mira, la otra noche se me hizo difícil creer que me estabas diciendo la verdad.

–¿Y ahora lo crees?

Él asintió.

–¿Qué ha pasado?

Zac suspiró.

–Ya sospechaba que me había equivocado, pero mi abuela ha venido a verme. Me ha dicho que habías roto el contrato y que querías que tu hijo fuera un Valenti. Cuando volví de Italia y me lo explicaste todo, no sabía que habías ido a verla. ¿Por qué no me lo dijiste? –preguntó en tono acusador.

Ella contestó con voz débil:

–Fui a verla a ella primero porque quería que supieras que ya confiaba en ti antes de haber hablado contigo. Pero, cuando volviste, estaba nerviosa y asustada por cómo reaccionarías. No me pareció relevante mencionar a tu abuela después de que hubieras accedido a ayudar a mi padre.

–No, tu primer pensamiento no fue defenderte, sino ayudar a tu padre. ¿Qué habrías hecho si me hubiera negado?

Ella se encogió de hombros.

–No lo había pensado.

Zac la miró durante varios segundos antes de hablar.

–Cuando nos conocimos, me dejaste alucinado. No conocía a nadie como tú. Creí que eras lo que me dijiste. Después, me sentí estúpido, porque lo que pasó me confirmó que no podía existir nada tan puro.

Rose comenzó a emocionarse.

–Pero existía, yo existía, a pesar de mi grado de confusión. Y no te conté nada porque estaba aterrorizada de lo que tu abuela fuera a hacer con mi padre. ¿Va a demandarme?

–Claro que no. Ante la amenaza de divulgar quiénes fueron mis verdaderos padres ha huido con el rabo entre las piernas.

Rose lo miró con los ojos como platos.

–¿Lo harías?

–Ya es hora de que se sepa la historia de mis padres. No me avergüenzo de ellos.

Ella estaba cada vez más emocionada.

–Creo que tienes razón. No se merecen caer en el olvido como si hubieran obrado mal.

De pronto, Rose se sintió muy vulnerable. Debía analizar por qué estaba allí Zac, ya que sabía que ella ya no estaba compinchada con su abuela.

Era evidente que tenía remordimientos, pero también parecía creer lo que ella le había dicho la última noche: que lo amaba. Y también estaba claro que la compadecía. La madre de su hijo, enamorada de él. ¡Qué tragedia! Debía de sentirse doblemente responsable. La mera idea la humilló terriblemente.

Se levantó.

–Gracias por venir. Ahora debo centrarme en mi padre. Te agradezco tu ayuda para la operación, pero tengo la intención de devolverte el dinero. Tardaré años, pero lo haré.

Zac también se levantó. Parecía enfadado.

–No he venido a pedirte que me pagues, sino a...

Rose levanto la mano para interrumpirlo porque no quería oírle hablar de responsabilidad.

–Vete, por favor. Seguro que tienes trabajo. Ya hablaremos de cómo nos organizaremos con el bebé en otro momento, ¿de acuerdo?

Se dio la vuelta para marcharse.

–¡Maldita sea, Rose! –exclamó Zac.

Pero ella no le hizo caso y echó a andar.

Cuando llegó a la planta de su padre, miró hacia atrás y suspiró al no ver a Zac. Se sintió aliviada y decepcionada a la vez.

Después de que hubiera entrado a ver cómo estaba su padre, llegó una enfermera y le tendió una nota con un guiño cómplice.

—Si ese tipo vuelve a venir, mándemelo.

Rose se obligó a sonreír y leyó la nota.

No voy a marcharme. Estaré en el hotel de al lado. Si necesitas algo, llámame. Zac.

Ella frunció el ceño, aunque el corazón le había dado un vuelco. No necesitaba nada de Zac Valenti.

Entonces, como para recordarle que, en realidad, sí necesitaba algo de él, su apoyo de por vida, sintió una patada en el vientre. Se le llenaron los ojos de lágrimas. Llevaba una semana sintiendo los movimientos del bebé, pero el niño había decidido hacer notar su presencia en aquel preciso instante, cuando se había presentado su autoritario padre.

¿Es aquí dónde duerme?

Una voz airada despertó a Rose. Abrió los ojos y vio a Zac inclinado sobre la pequeña cama donde dormía en la habitación de su padre. Un enfermero se encogía ante él.

—¿Le parece un sitio adecuado para una mujer embarazada?

El enfermero se puso colorado.

Rose se incorporó en la cama y se llevó la mano a

la cabeza. Se sentía mareada y muy cansada, ya que no había dormido bien.

Zac se agachó.

—¿Estás bien?

Antes de que pudiera contestarle, se levantó, llamó por teléfono y comenzó a dar instrucciones, ocasión que aprovechó el enfermero para huir antes de que le siguiera abroncando.

Ella se levantó. Él guardó el móvil y la tomó del brazo.

—¿Desde cuándo no comes ni duermes como es debido?

Rose parpadeó. No se acordaba.

Zac lanzó un juramento.

—Muy bien, eso se ha acabado.

La sacó de la habitación y se plantó frente a ella.

—Tengo el coche abajo. El chófer te llevará a mi hotel, donde vas a... —alzó la mano al ver que Rose se disponía a decir algo y esperó hasta que desistió—. Donde vas a desayunar y a acostarte durante unas horas. Después, ya me encargaré de que tengas tu propia habitación.

—No puedo irme. Mi padre...

—No le va a pasar nada. Me quedaré con él.

—Pero tú estás muy ocupado...

Zac saco el teléfono y se lo enseñó.

—No hay nada que no pueda solucionar desde aquí. Ahora, vete o te llevaré a cuestas.

La idea de que Zac la tocara y se diera cuenta de lo mucho que seguía deseándole la puso en movimiento instantáneamente. Comprobó que su padre seguía durmiendo y, después, Zac la acompañó a la planta baja.

–No quiero verte hasta que no hayas desayunado y dormido.

Totalmente desconcertada, Rose hizo lo que le decía y reconoció que era estupendo que la cuidaran.

Más tarde, cuando volvió al hospital, sintiéndose mucho mejor después de haber dormido, haberse dado un larga ducha caliente y haber comido, se detuvo en el umbral de la habitación del su padre. Zac, sentado al lado de la cama, hablaba con Seamus, que reía ante lo que este acababa de decirle.

Los dos la vieron a la vez.

–¡Mira quién ha venido, Rose! Zachary Lyndon-Holt –su padre se interrumpió, se sonrojó y miró a Zac–. Perdona, hijo, pero me cuesta recordar que ya no eres...

Zac sonrió.

–No pasa nada, señor O'Malley.

–Seamus para ti.

Rose creyó que el corazón le iba a estallar, lo cual era peligroso porque, ¿qué pasaría cuando Zac se aburriera de aquella responsabilidad y volviera a marcharse?

Entró en la habitación.

–Ya estoy de vuelta. Seguro que tienes cosas que hacer.

Él levanto su enorme cuerpo de la silla y se estiró.

–¿Podemos hablar un momento antes de irme, Rose?

Ella asintió. Salieron después de que Zac se hubiera despedido de Seamus.

–Mira, Zac...

–No, mira tú. No voy a marcharme, y esto es lo

que vamos a hacer. Ya tienes habitación en el hotel. Nos turnaremos para visitar a tu padre hasta que esté listo para volver a casa. Y no podrás hacer nada para impedirlo. Hasta luego, Rose.

Se dio la vuelta y se marchó dejándola frustrada, enfadada, agradecida y desconcertada.

Durante la semana siguiente, crearon una rutina. Zac iba al hospital por la mañana y se quedaba hasta después de comer, cuando llegaba Rose para quedarse con su padre hasta la noche y volver al hotel a dormir. Era como una carrera de relevos. No volvieron a hablar, pero ella sabía que llegaría un momento en el que tendrían que sentarse y hablar de lo que sucedería cuando naciera el bebé.

Sentía la atracción que había entre ellos, pero solo pensaba en el rechazo de Zac después de aquella noche en Italia.

Su padre había adivinado que era el padre del bebé. No había hecho comentario alguno. De todos modos, ella notaba su astuta mirada puesta en ellos cuando estaban juntos.

Cuando a Seamus le dieron el alta, Zac lo organizó todo con precisión militar. Lo llevaron a casa en coche, acompañado de una enfermera del hospital que iba a quedarse con él un par de días para asegurarse de que todo estaba adecuadamente dispuesto para su recuperación.

Durante la ausencia de Rose, habían modificado la casa para adecuarla a los requisitos médicos de Seamus. Además, Zac había contratado a una enfermera las veinticuatro horas del día. Cuando Rose intentó protestar, él se limitó a mirarla. También había contratado a una mujer que conocía a Rose y a su padre para limpiar y cocinar.

A veces, Rose no sabía qué era peor: la forma asfixiante en que Zac se había hecho cargo de todo o su animadversión hacia ella. Pensó que casi prefería esforzarse sola, porque sabía cómo hacerlo. Después miraba a su padre en la cama, en su casa, tranquilo, y lamentaba no estar más agradecida.

Una semana más tarde, Zac había vuelto a la ciudad casi a tiempo completo, pero llamaba cinco veces al día para comprobar que todo iba bien. Rose estaba tan tensa que se dio un susto cuando llamaron a la puerta.

Fue a abrir. Era un mensajero con una gran caja y un sobre. Cuando se lo dio le dijo que esperaba una nota de contestación.

Rose le pidió que entrara y se sirviera algo de beber en la cocina mientras ella iba al salón a abrir la caja. Sacó de ella el vestido negro, que tiró al suelo inmediatamente, avergonzada.

Recordó cómo se había sentido frente a Zac al decirle que lo amaba y el modo en que él había retirado la mano de su vientre, como si quemara.

Agarró el sobre de mala gana, del que cayó una tarjeta, que leyó sin tocarla.

Por favor, ven a mi casa esta noche. Un coche te estará esperando. Zac.

Rose sintió náuseas. ¿A eso se reducía todo? ¿Los

había ayudado mucho más de lo que ella esperaba para después obtener su recompensa? ¿Hasta dónde podía seguir humillándola?

Estaba enfadada y decepcionada, pero resignada. Estaba en deuda con Zac. Y si este quería que fuera a él como un cordero al matadero, con aquel vestido que simbolizaba tantas cosas, ¿qué alternativa tenía?

Garabateó una nota en la otra cara de la tarjeta y se la entregó al mensajero, que se marchó.

Era tarde cuando Rose cruzó el puente de Manhattan. El coche la había esperado horas. Ella no estaba jugando, sino que la enfermera se había inquietado porque a su padre le había subido la fiebre, y ella había querido asegurarse de que se encontraba bien antes de salir.

Estaba hecha un manojo de nervios. Llevaba puesto el vestido negro, se había recogido el pelo y maquillado un poco.

El coche se detuvo frente al edificio de Zac y el portero le abrió la puerta del vehículo con un cortés: «Buenas noches, señorita O'Malley. El señor Valenti la espera. Suba directamente».

Ella se obligó a sonreír y entró al vestíbulo, donde la esperaba el ascensor.

Las puertas se abrieron y subió. Ya estaba en el vestíbulo del piso de Zac. Sus tacones resonaron en el suelo de mármol. No se oía ni un ruido. Zac no estaba en la cocina ni en los dormitorios.

Volvió al salón y vio una puerta abierta, que era la que llevaba al jardín. Se le aceleró el pulso. Se recogió el vestido para no pisárselo y subió la escalera circular de piedra.

Al final de ella, la puerta estaba abierta. El jardín era tan mágico como lo recordaba. Tomó el sendero y de pronto se dio cuenta de que Zac había construido aquel jardín para sus padres.

Una voz familiar rompió el silencio:

—Creí que no venías.

Ella alzó la vista y vio a Zac, vestido de esmoquin, en la terraza que había sobre el jardín. Se sintió mareada y se le aceleró el pulso. El bebé le dio una patada.

Se llevó la mano al vientre.

—A mi padre le ha subido la fiebre y me he quedado hasta asegurarme de que estaba bien.

Zac frunció el ceño.

—¿Lo está?

—Sí, gracias.

Zac no se movió, por lo que ella continuó andando. Él no dejaba de mirarla. Ella subió los escalones sintiéndose incómoda. El vestido no estaba hecho para una mujer embarazada, por lo que el tejido se le estiraba en el vientre mucho más que la vez anterior.

Cuando estaba muy cerca de él se detuvo. Había creído poder hacer aquello con la cabeza muy alta, dar a Zac lo que quisiera y marcharse. Pero una vez frente a él, no era tan sencillo. El pasado y el presente se fundían. La primera noche susurraba a su alrededor como un eco burlón de todo lo que Rose había deseado sabiendo que no lo tendría.

Retrocedió unos pasos. Estaba tan emocionada que se asustó.

Zac le tendió la mano como si quisiera agarrarla y ella sintió pánico.

–Lo siento. Creí que podría hacerlo, pero no puedo.

Él frunció el ceño.

–¿De qué hablas?

–De esto –ella se señaló el vestido con mano temblorosa–. Tal vez quieras tener una relación conmigo durante un tiempo, hasta que te canses y me relegues. Sé que te debo mucho, más de lo que nunca podré pagarte, pero no creo que pueda pagarte así.

El se le acercó con una mirada salvaje. Rose se dio cuenta de que había reculado al chocar con la barandilla de la terraza.

–¿Crees que te he hecho venir vestida así para hacer realidad una fantasía perversa?, ¿que me excitaría al volver a verte con ese vestido y que solo deseo estar contigo un corto periodo de tiempo?

Puso las manos en la barandilla a ambos lados del cuerpo de Rose.

–Me debes mucho, es verdad –añadió.

–Lo sé.

Él la agarró de la barbilla y a ella se le tensó el cuerpo entero.

–Llevas dos semanas manteniéndome a distancia y no estoy dispuesto a tolerarlo después de haberme dicho que me quieres. ¿Por qué te comportas como si no lo hicieras?

Rose dejó de respirar y quiso disolverse y desaparecer. Aquello era de una insoportable crueldad. Enfadada, le contestó:

–Porque no soy masoquista.

–Cuando digo que me debes algo, me refiero a que confíes en mí. ¿Sabes por qué te he pedido que vengas vestida así?

–Porque quieres que comience a pagarte la deuda. Porque te excita. Porque te puse en evidencia cuando fui a aquel evento. No lo sé.

–Solo tienes razón en una cosa: me excita. Pero el verdadero motivo es que quiero que empecemos de nuevo, que recreemos esa noche, esta vez sin manipulaciones. Seamos simplemente dos desconocidos.

–¿Por qué? –susurró ella–. Si lo único que quieres es una aventura...

–Eso es lo que tú dices. Sigues sin entenderlo, ¿verdad? No te he hecho venir para acostarme contigo ni para continuar una aventura temporal. Estás aquí porque todo lo que me parece importante no significa nada si no estás conmigo.

Aún no había acabado.

–No quiero pasar una noche contigo, ni días, ni meses. Quiero pasar todos los días y todas las noches. Quiero que el bebé, tú y yo estemos juntos para siempre.

–No me creíste cuando te dije lo que sentía. ¿Cómo voy a saber que ahora sí me crees?

–Porque confío en la mujer que quería hacer lo correcto, pero tenía un grave problema. Porque confío en la pureza de lo que sentimos el uno por el otro, con independencia de las circunstancias en que nos conocimos.

Ella le dio la espalda y se agarró a la barandilla de la terraza con fuerza. Le dolía la garganta, le quemaban los ojos, que cerró cuando él la abrazó por detrás. Las manos de Zac se posaron en su vientre con un sentido de posesión que la llenó de felicidad.

–Te quiero, Rose, y no voy a dejar que te vayas, al menos hasta que me creas.

Ella lloraba en silencio, pero él oyó sus sollozos y siguió abrazándola hasta que cesaron.

El bebé pataleó y él lo sintió.

–¿Lo ves? Somos dos contra uno.

Rose se preguntó si de verdad podrían empezar de nuevo a partir de ese momento.

Se volvió hacia él y lo miró a los ojos. No vio en ellos más que verdad, así como una pregunta. ¿Le daría ella otra oportunidad? ¿Confiaría en él?

Rose se libró del abrazo de Zac. El dolor que vio en sus ojos al hacerlo fue absolutamente revelador.

Respiró hondo y le tendió la mano.

–Rose, O'Malley. Mucho gusto.

Los ojos de él centellearon de alivio, alegría y amor. Sonrió y le estrechó la mano.

–Zac Valenti. El gusto es mío. Con ese nombre y ese cabello solo puede ser irlandesa.

Ella pensó que el corazón iba a estallarle, pero contestó:

–Mis padres emigraron antes de nacer yo.

Zac le tiró lentamente de la mano par atraerla hacia sí.

–¿Cómo es que no la he visto antes?

–Soy una humilde criada de Queens.

Zac la apretó contra sí.

–Pues resulta que las humildes criadas son la gente que prefiero –le acarició el cabello–. ¿Le parecería muy atrevido que la besara aunque acabamos de conocernos?

Ella replicó con voz temblorosa:

–Solo si me promete que no dejará nunca de hacerlo.

Él se inclinó hacia ella.

–Se lo prometo.

Y así, esa noche, en una hermosa azotea, en medio de un jardín mágico, comenzaron de nuevo.

Epílogo

Un año después

Zac Valenti miraba alrededor del salón de baile, desde una columna al fondo de la sala, cuando observó algo de reojo que le llamó la atención. Era su esposa, su amor, su mundo.

Rose se le acercó sonriendo. Llevaba el pelo recogido y un vestido verde esmeralda que hacía resaltar sus ojos como dos joyas, las únicas que necesitaba, aparte de la alianza matrimonial.

Zac la atrajo hacia sí y sintió lo que siempre experimentaba: que una parte de él encajaba en su sitio. Automáticamente, respiró mejor.

Rose lo miró con ojos brillantes.

—En el tocador he oído comentar que una tal Jocelyn Lyndon-Holt ha decidido, de repente, dar la vuelta al mundo en un crucero.

Zac se sintió aliviado. Acababa de conceder una entrevista a una revista financiera en la que revelaba el nombre de sus verdaderos padres y sus planes, poco conocidos, de inversión en Italia.

Su abuela se marchaba de viaje para huir de su caída en desgracia. Zac la había obligado a firmar un acuerdo para asegurar que el apellido Lyndon-Holt no se perdiera.

Con la fortuna de los Lyndon-Holt se crearía una fundación benéfica que, entre otras cosas, pagaría caras operaciones médicas a aquellos que no pudieran permitírselo.

El padre de Rose se había recuperado totalmente de la operación, y los tres se habían ido a Irlanda, con las cenizas de la madre, poco después de que naciera la hija de Zac y Rose. Ni que decir tiene que Simona May Valenti, que llevaba el nombre de sus abuelas materna y paterna, era la niña de los ojos de Zac.

La habían bautizado tres meses antes en la iglesia en cuyo cementerio descansaban los antepasados de Zac. También se habían casado allí, antes de que naciera Simona. Italia se había convertido en su segundo hogar.

–Sinceramente, me interesan menos las habladurías que saber a qué velocidad puedo quitarle el vestido, señora Valenti.

Rose lo abrazó por la cintura con tanta fuerza que él sintió la presión de sus senos en el costado, y su cuerpo reaccionó de manera previsible.

–Bruja –gimió él. Ella sonrió.

Zac la puso frente a sí tanto para disimular la reacción de su cuerpo como para torturarla también él un poco.

–¿Qué te parece si vamos a otro sitio que esté menos... cargado?

Ella sonrió.

–Me parece bien.

Entonces se dieron cuenta que esa escena ya la habían vivido la noche en que se conocieron.

–Llévame a casa, Zac.

Se fueron a su nuevo hogar, en Greenwich Village. Después de haber mandado a casa a la niñera, fueron a ver a su hija, que dormía plácidamente.

Zac la miró mientras pensaba que su vida podía haber seguido siendo un erial dominado por el deseo de vengar a sus padres y de acumular riqueza y poder.

Había necesitado enamorarse de Rose para comprender el verdadero significado de la riqueza. Y su hija lo había multiplicado por mil.

Rose lo tomó de la mano. Zac la miró, demasiado emocionado para decir nada. Ella sonrió.

–Lo sé –dijo en voz baja–. Yo también.

Retrocedió para salir de la habitación tirando de él con una sonrisa cómplice y femenina en el rostro. Se dirigieron al dormitorio.

Y en aquel espacio íntimo, Zac dejó que ella lo hiciera pedazos porque sabía que era la única que podría volver a unirlos. Para siempre.

Bianca

**Sabía que no era en absoluto
el tipo de mujer despampanante que
le gustaría a un hombre como él...**

El ejecutivo Harry Breedon
era increíblemente rico y
guapo... y nunca había
mostrado el menor interés
fuera de lo profesional en
su eficiente secretaria, Gina Leighton. ¿Por qué iba
a hacerlo?, pensaba ella.
Era una chica corriente y
algo gordita.

Pero Harry sí se había fija-
do en ella... y en sus volup-
tuosas curvas. Tendría que
actuar rápidamente si no
quería que Gina aceptase la
oferta de trabajo en Londres
que había recibido. Estaba
decidido a convencerla de
que no se marchara... aunque para ello tuviese que
casarse con ella.

PRIORIDAD: SEDUCCIÓN
HELEN BROOKS

Acepte 2 de nuestras mejores novelas de amor GRATIS

¡Y reciba un regalo sorpresa!

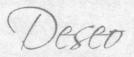

Tentación irresistible
Kathie DeNosky

Jaron Lambert podía tener a cualquier mujer que quisiera, sin embargo, solo tenía ojos para la joven y encantadora Mariah Stanton. Durante años había intentado mantenerse alejado de ella, pero una noche se olvidaron de los nueve años de diferencia entre los dos y se abandonaron al deseo que sentían el uno por el otro.

No obstante, a Jaron aún lo lastraba su oscuro y complicado pasado, y como no podía contarle a Mariah la verdad, se vio obligado a decirle que aquella noche que habían compartido había sido un error. Porque enamorarse de ella sería un error aún mayor...

Aquel vaquero de Texas quería a la única mujer que no podía tener

¡YA EN TU PUNTO DE VENTA!

Bianca

No se casaría con el jeque por obligación...

La oveja negra de la poderosa familia Fehr, el hijo mediano, Zayed, ha abjurado del amor y del matrimonio. Este príncipe es feliz recorriendo los casinos de Montecarlo. Pero una tragedia familiar le convierte en heredero del trono de su reino. La costumbre dicta que una esposa ha de estar sentada a su lado y él ya tiene pensada la novia... Rou Tornell es una mujer decidida e independiente y no se casará con Zayed por obligación, aunque quizá el deseo pueda ayudar a persuadirla...

HARLEQUIN *Bianca*

EL DEBER DE UN JEQUE
JANE PORTER

EL DEBER DE UN JEQUE
JANE PORTER